拾光情书

李森 著

中国旅游出版社

献给我人生中最重要的三个女人

母亲、太太和女儿

目 录

序言

拾光情书

十三岁，相识。

十七岁，相恋。

十八岁，上了同一所大学。

十八岁，我们第一次一起旅行。

二十岁时，开始努力想把照片拍得更好。

二十二岁，我们一起毕业·不谈离别。

二十三岁，我们一边在各自的领域奋斗，一边不忘挤出时间去旅行。

二十五岁，我们顺其自然地结婚。

二十六岁，我们一起迎来了家中的第一个小宝贝。

简简单单的几行字是我和太太相伴十年的故事，也是我第一本书中的序言。记得那时我在书里说，我最珍贵的不是房子、不是车子、不是存款，而是一整盒关于太太的相片。记得那时才和太太第一次出国旅行，记得那时小玉墨才刚刚来到这个世界。

一晃五年过去，那个满眼里只有太太没有风景的摄影师是否依然坚持？把照片视作珍宝的他，现在最珍视的又是什么？初为人父的男孩，如今成了怎样的父亲？玉墨长大了吗？太太依旧美丽吗？

那本名为《在所有的风景里我最喜欢你》的书中人物，现在是否延续着最初那份简单的幸福？

如今三十二岁的我，再次有幸执笔书写关于我们的故事。
这一次的故事，依然关于旅行、关于摄影，也关于爱情。
我将沿着人生的轨迹，把故事一年年、一岁岁地讲述。

讲一讲我和我的太太十七年的爱情和婚姻，
讲一讲年少时的喜欢与热爱，
讲一讲摄影和旅行给我们的生活带来的改变，
讲一讲为人父母，
讲一讲陪伴，也讲一讲离别。

希望每一个读故事的人，都在故事中收获一份温暖。

十 六 岁　告 白

十六

岁

告　白

和太太在一起时十六岁，如今三十二岁，我们已经在一起十六年了，然而故事的开始还要更早一些。

十三岁那年，和太太上了同一所中学，分在两个班级，偶然会擦肩而过，却未有过任何交集。三年过去，初中升学时，遇上了非典，中考破天荒地去掉了物理和化学的考试，这样的情况让我这个偏科严重的孩子，意料之外地有学可上。在去掉我的最差科目、去掉太太的最优科目后，我和太太好巧不巧考到了同一所高中。

高一开学的时候，她坐我前排，填写报到信息，我没有笔，便问她借。她回身，对我讲了我们之间的第一句话。

她说，你的脸怎么那么红？

再一次和太太有交集，已经是开学半年后了。我正用我极细的水笔在纸条上奋笔疾书。有个身影站到我的书桌前，挡住了正午有些刺眼的阳光。我抬头看，太太逆着光，站在阳光中温暖、明亮。

她说，借她一支笔。

于是我慌张地把一整盒的笔都递给了她。

她接过笔时又笑着问我，你的脸，怎么那么红？这是我们人生中的第二次交谈。

时隔半年的两次对话，同样的起因、同样的问题、同样的面红耳赤。那天在某个瞬间，我第一次有了或许我们之间会有一些故事的想法。我想着如果她再来问我借笔，我就硬着头皮多和她说上两句。

太太再一次来问我借笔，并没有像第一次和第二次间隔那么久，只相隔了一天，她就又出现在我书桌前。不知道这次是我从容淡定了，还是她已经不再好奇我面红耳赤的原因。这一次她没多问，我也没有多说。她借了笔转身回了座位，我望着她的背影，心里有些小小失落。

还笔的时候，她问我，笔在哪里买的？
我说，在我家后面的市场。
她说，太远了。
我让她把笔拿去用，不用还了。
她有些不好意思，但在我的坚持下，她还是接受了。
我望着她离开的背影，内心又有了几分暗自窃喜。
那时的我还没发现，我的情绪已经开始因她而起伏。

隔天，太太递给我一个纸叠的信封，打开信封，里面是二十元钱，刚好一支笔的价格。虽然她后来解释说她只是不想欠我的，但当时的我早已沉浸在自作多情的喜悦心情中。我高兴得像收到了喜欢女孩儿情书的男孩儿，小心翼翼地把信封和二十元钱收到了抽屉的最深处。
后来我和太太提起此事，她笑我自作多情。我反驳她不懂，我和她说：

"你以为这个世界只有一见钟情和日久生情吗？其实这个世界男女情感的开始，更多时候都是自作多情。"

这一年，我开始听什么歌都像情歌，听什么情歌都像在唱自己。

尤其是周杰伦那首《她的睫毛》。

她的睫毛，弯的嘴角，无预警地对我笑。

没有预兆，出乎意料，竟然先对我示好。

收到她的二十元之后，我们的交集也多了起来。我开始会和她打招呼，她开始无预计地对我笑，我开始有预谋地和她一起走在回家的路上。后来我问太太，她那时候有一点点喜欢我吗？太太毫不犹豫地回答我，一点都没有。虽然答案不尽如人意，但我内心的幸福感却只增未减。暗暗庆幸我当时的自作多情，让我犯下了这个人生中美好的错误。

喜欢上了一个女孩，还误以为她也刚好喜欢我。

在和太太正式告白之前，有好几次临阵退缩。

第一次，写了一封满满一长页的情书，放在书包里好久，久到遇到一场大雨，把它浸湿到模糊不清，于是放弃了。第二次，放学跟在她身后，等顺路回家的同学们都散去，正积攒勇气靠近她时，被另一位男同学抢先了一步，西装革履，红玫瑰双手呈上，太太接过玫瑰花随手扔进了垃圾桶，看到她冷漠的样子，我掉头逃了。

再后来文理分了班，分班前老师问，去文科的举手。

我看向她，她举了手，我也跟着举了手。我以为再之后，时间漫长，会有很多表白机会，却未想到自此一别两宽。升年级的时候，太太临时改了主意，选了理科。文科班和理科班在两座不同的教学楼里，虽然两者不过百米的距离，但这百米却也让我们擦肩而过的机会变得近乎为零。渐渐的，再遇见也找不到交谈的理由，我们刚刚拉近的距离，开始渐行渐远。

这一年，"有缘无分"四个字让我铭记在心。

告白，是在十六岁的夏天。

在和家人出发去海边的前一天，偶然得知了太太的手机号码。那个时候没有微博、没有朋友圈、没有智能手机，网络也不是很发达，一个人想要去了解另一个人的近况，除了直接和她联系外，便没有什么更好的途径。所以那个时候，心上人的照片、住址、QQ号、家庭电话号码和手机号码都显得格外珍贵，好像只要有了这其中之一，距离喜欢的人便更近了一些似的。

所以当我得知了太太的电话号码后，毅然决然地向她告白了。那时也没想太多，只是觉得，有些话如果不说，便再也没机会说了似的，便会遗憾一辈子。

告白时身边景色很美，天空蔚蓝、海水清澈、微风徐徐。告白的信息很简单，简单到只有"我喜欢你"四个字，然后闭着眼按下了发送。

　　有很多人因为害怕结束，便杜绝了一切的开始。他们把喜欢的人放在心里，他们说他们害怕表白后连朋友都做不了。我说这类人，一定是还不够喜欢。因为瞻前顾后、犹豫不决、权衡利弊从来不是爱情该有的样子，爱情发生的时候是孤注一掷、是不计后果、是义无反顾。

　　而我确定，按下发送键的那一刻，我义无反顾。

　　没一会儿便收到了太太的回信。
　　她说："你傻了吧？"
　　至此，我的告白以失败告终，我长达一年半的暗恋宣告结束。

　　表白被拒绝，倒从不是什么新鲜事儿。偶像剧里男女主角的种种的机缘巧合终归是在偶像剧里。既然都说了自作多情常常是一段感情的开始，那自作多情的开始自然很少会有什么两情相悦的结局。我深知这一点，所以被拒绝后，我倒是一分钟、一秒钟、一点点的心灰意懒都没有。反倒有些如释重负，对明天充满期待了。

　　如果说暗恋时，太太像夜空中的星星一般遥不可及，连抬手触碰的勇气都需要积攒很久。那告白后，太太就像一束明媚的光，让我可以无所顾忌地追赶。

　　那阵子的我，上学不迟到了、上课不瞌睡了、作业不拖沓了、起床不费劲了，连做广播体操都更卖力了，生活都是甜的。

在后来的三个月里。

告白后的第一次碰面，我主动和她打了招呼，她抿着嘴笑。

告白后的一个星期，我开始每天等她一起回家，她不爱多说话，我也就什么都不说，默默地并肩走。

告白后的一个月，我把手机里她的备注改成了"老婆大人"。

告白后的两个月，我第一次鼓着勇气没脸没皮地发了一条"老婆大人。晚安"的短信。这是我第一次自作主张地唤她"老婆大人"原本以为她不会理会甚至可能会厌烦。意料之外的，她回复了"晚安"。我看着"晚安"两个字，开心了一整晚。

告白后的三个月，我们第一次牵手。

那天晚上收到她的信息，她说"我们在一起吧"。我不知所措，第一时间想到的竟然是问她为什么。她说她看了一本小说，有个场景让她感觉很温暖，她正想着如果有个人像小说里一样对她说"老婆大人，欢迎回家"应该挺幸福的时候，我就对她说了。

这一年，我十六岁，我喜欢的女孩答应和我在一起，而我已经在想，要如何给她一个幸福的家了。

十六岁的回忆也并不都是美好的，也会遇到困扰。

十六岁，这个情窦初开的年岁，每天都有青涩的故事在校园中发生，每个人都会在不经意间碰上一个让自己怦然心动的人，每份喜欢都纯净得像是天边的云，漫无目的、纯粹美好。按道理说十六岁应该是人类最该去爱、去恨，去义无反顾、不留遗憾的年纪，可偏偏在这样的年纪里我们要面临人生中最重要的考试。

于是在事关未来的学业面前，原本应该发生的美好爱情有了它的另一个名字——早恋。

这个时期，老师发现学生早恋，多半会请来家长，家长则多半会语重心长地一番教导后拆散他们。我和太太也未能避过这样的情节，在老师发现我和太太的事情后，很快告知了双方父母。

我们两家的父母纷纷表态：

我的母亲对我说："不支持、不反对。"

岳父对太太说："别让我再看到那小子，看到我就打断他的腿。"

岳母对太太说："还是先要好好学习，你们的未来还很长。"

而老师则在某个放学后，把我叫到办公室谈了很多，那次谈话我至今记忆犹新，而其中一句话让我感慨至深。

"人家挺好的姑娘，不要因为你们恋爱影响了别人的前途。"老师说。

之所以感慨至深，是因为在听到这句话后，我第一次有了想要放弃这段感情的念头，哪怕这个念头只有一瞬间。

十六岁，我想任谁都看不到太远的未来吧？在这个满是人生路口的年岁，即便是沿着最正确的道路前行，前路依然不可预估。何况这条名为人生的道路上，还有数不清的分岔口，每一个路口，每一次选择都会带着我们通向截然不同的未来。

好好学习或许从来不是唯一的选择，但它确实是十六岁的我们能够通向理想未来最优质、最稳妥、最显而易见的选择。相比之下，这个年纪的情感，即便可能会是我们人生中遇到最纯粹、最纯净的情感，但在现实面前，它却显得脆弱无用、遥不可期。

在和老师谈话之前，我从来没有认真思考过关于未来的事情，自己会成为怎样的人，未来会做一份什么样的工作。和老师的谈话后，我想了好多，想了要拥有什么才能幸福、想了自己未来能拥有什么、想了能给太太怎样的生活。很可悲，那时得到的答案并不乐观。

于是，第二天我发信息对太太说："我现在对未来也充满了迷茫，现在看，我好像还给不了我想给你的未来，承担不了我应该承担的责任。我害怕耽误了你，可我也真的很喜欢你，所以我们一起好好学习吧！明天你教我化学，我教你数学。"

十六岁是情窦初开的年纪，十六岁也是发奋学习的年纪。面对最美年岁的爱情和至关重要的学业要如何选择，或许这从不是一道单选题。

十七岁 喜欢与热爱

十
七

岁

十七岁这一年，我最大的心愿是拥有一张太太的照片。

网络发达的如今，若是想念谁了，打开手机，总能翻找出一些关于对方的消息。我们十七岁的这一年，是个网络没有普及的年代。想念谁了，很多时候只能看着天花板，凭空想想。在这样的年代里，若是有一张喜欢女孩子的照片，一定是要放在钱夹里随身携带，倍加珍惜的。

和太太刚在一起时，我便问她要了照片，被她以照片太丑的理由，果断拒绝。我过生日的时候，她问我想要什么礼物，我说照片，她说，不给。新年的时候，我正要说，她都没等我说，就说，做梦！

被太太三番四次的拒绝后，我决定自己动手丰衣足食。这一年我承包了家中所有的家务，好说歹说让母亲大人给我换了一台当时拍照功能最强的手机。拿到新手机的时候在心中暗道，不给我，我不会自己拍嘛。

可惜，最终我的阳谋也没有得逞。

十七岁的太太有一种超能力，她总能在我举起相机拍摄的第一时间，发现拍摄她的镜头，然后迅速地挡住脸、闪出取景框、一溜烟地跑掉。太太是真的很不喜欢拍照。

在她的超能力加持下，我的偷拍计划迟迟没有成功。但我一直未曾放弃，十七岁这一年为了拍出一张她的好照片，我随时随地用相机记录着。抓拍、偷拍、抢拍，无所不用其极。一转眼一年过去，翻看着手机，虽然仍没有一张像样的照片，但关于太太的照片不知不觉中也存满了一整部手机。看着照片中极力躲闪的她，便会想起用相机努力记录的自己，这一年的过往也会清晰地浮现脑海。每每此时，我的嘴角便会不经意地流露出幸福的笑容，由衷地感慨照片真是个美好的东西，定格了时间、停驻了光阴、承载了回忆。

十七岁这一年，我最大的心愿最终未能得以实现。但最终我也不再执着于太太的一张照片。比起一张照片，能自己用相机或文字，记录下时光、生活，还有关于她的种种，成了我十七岁最有意义的事情。

而当时我还不知道，十七岁时因为想拥有一张太太的照片所滋生的一点点兴趣，变成了自己一生的热爱。也不知道，我会因为喜欢一个人去热爱一件事，因为热爱一件事收获了我一生的幸福。

十八岁 第一次一起旅行

十八
岁

记得在上大学之前，放假前的教室，一定是欢呼雀跃的。可大学的第一个暑假,在我们的宿舍里，竟然弥漫着一种恋恋不舍的氛围。同一宿舍的三人、隔壁一人、隔壁的隔壁一人，五个人在暑假的前一天忙忙碌碌地打扫着大概一个多月没有打扫的宿舍。等到大扫除结束，本来各回各家的五个人，不约而同地谁也没走，一人搬了一把椅子，坐在宿舍聊起了天。

从上午聊到了下午，从一会儿要去干什么聊到假期如何安排，从晚上游戏里一起去刷副本聊到暑假里要不要一起去网吧，然后，宏宇突然说，一起去旅行吧！

我问，去哪儿？
他说，三亚。

早就想和太太一起去旅行了，我第一个举手赞成，海洋第二个，旺旺第三个。当时几个男生，谁都没想起自己是有女朋友的人，就这样私自定下了一次暑期旅行。

事后我跑去询问太太，能不能一起去的时候，太太玩笑着说："你们都定好了，才来问我？果然你们才是真爱。"

和太太的第一次旅行，不仅仅是我和她第一次一起旅行，也是我第一次和朋友一起旅行。

出发之前，有一场小小的插曲。很早的时候听过一句话，想要更多更快速地了解一个人，就和她去旅行。在复杂多变、经常要与陌生人交流且消费行为密集的旅行过程中，一个人的消费观、价值观、生活习惯、品德修养都会潜移默化地显现。

这句话真的灵验，还没等出发，考验已经开始了。

出发的前一个星期我和宏宇发生了些小矛盾。宏宇说去海边要住海景房，我看了他选的海景房价格，又想到另几个人的经济状况，我说，不行，太贵了。

和其他几人不同，那时我和宏宇已经认识4年了，我们两人早已是无话不谈的好哥们儿，用我的话说他见惯了我的神经大条，我见过了他最伤感脆弱的模样。如果说太太是我命中注定的爱人，宏宇无疑是我命中注定的挚友。

所以当他提议的酒店过于昂贵时，其他几个刚认识一年的人谁也没多说，只有我毫不避讳地直接否定了他的提议。那个晚上我们两个人讨论了好久，两人都不断想要说服对方，好几次差点儿不欢而散。现在回想起来，像极了后来常听的一首歌的歌词，年轻总习惯去争论，要别人照自己的剧本。

事情的最后，我们分别住在了相隔一条马路的两家酒店。

后来宏宇说："这也就是你，不然我早不去了。"

我心里想，这也就是他，不然我都不和他说这么半天。

一点小小的异议，便让多年的挚友心生不悦。同样的一次小小的争吵，也可以让多年的恋人心灰意懒。许多年过去，在经过时间的筛选后，还能陪伴身边被自己称为朋友的人，寥寥无几。而这些朋友中，还能够经常一起旅行的人，不足一二。

一想到这儿，便觉得自己是幸运的。十八岁就遇见了能和自己一起旅行的爱人和好友。

出发的日子，傍晚时候，北京下起了雨，后来雨变成了暴雨，起飞延后了。

1个小时、3个小时、5个小时……凌晨1点的时候，我们终于登机。

飞机加速、起飞，太太在我身旁，脸上有藏不住的小兴奋。

这是她第一次坐飞机。

飞机降落的时候，她压低声音喊："海南的水果们！我来啦！"

我说她，幼稚鬼。

她冲我皱眉、噘嘴，那是平日中，她不曾多见的俏皮表情。

走出三亚机场，天空还是黑压压的，等到了酒店时，天边的云逐渐显现，晕染上了色彩。

太太问，今天有什么安排？

我说，回酒店好好睡觉。

她说，好浪费。那时的她还是个初来乍到的游客，认为旅行应该是去人声鼎沸的地方，拍到此一游的照片。

于是我凭着自己的旅行心得，故作高深地对她说。

在海边，时间是用来浪费的。看一场日出，睡到自然醒，睡醒了再吃一顿海鲜大餐，然后牵着喜欢的人的手漫步在星空下的沙滩，才是海边的正确打开方式。

她皱着眉头将信将疑。

我和她说："你现在不觉得，去哪里，做什么，都不重要，重要的是和谁在一起吗？"说着，顺势牵了太太的手。

太太一个白眼，吐槽我言情小说和偶像剧看多了。

我松开牵着她的手，双手举起在头顶合拢，向她比了一个大大的心。她终于忍受不了我的幼稚行为，也压不住上扬的嘴角，笑骂道，是不是傻。

清晨的海边，有我们的笑声回荡。

　　后来几天，清晨的懒觉，棉花糖般的云朵，每天都在吃水果的太太，大家一起吃西瓜的海边，一起骑双人自行车的广场，一起压马路的傍晚……这些无足轻重、鸡毛蒜皮的小情景，都成了我难忘的回忆。

正午的海边，灼热的阳光，软细的沙滩，清透的海水，任谁都想脱掉鞋子，踩入清凉的海水。

太太光着脚，任海水淹没双脚，像孩子一样去轻踏海水。我在她身后，喊她的名字，想趁她回眸之际，拍下一张她的照片。本以为是个万无一失的计划，哪怕她发现我也已经来不及躲闪了，不曾想，她转身，看着我笑，面对镜头不慌不忙，不见一丝的闪躲之意。

这是我第一次见到面对相机不躲闪的太太。

突然之间，反倒是我不知所措。

按下快门，看着屏幕上显现的照片，忽然发现，山也好，海也好，云也好，那些原本是我想要留在照片中的要素，变得有些黯然失色，而太太成了照片中最令我心动的景色。

十八岁这一年，我有了一个想法。想要和太太一起去收集世间的景色，然后在所有景色中，都有她。

十九岁 即便相爱

十九
岁

即便相爱

十九岁是个平平无奇的年岁，在一起的第三年却是个磕磕绊绊的年份，这一年是我们争吵最多的一年。

世上没有两个相同的灵魂，但人与人之间的相处，却不尽相同，都逃不过一句，合久必分，分久必合。朋友如此，亲人如此，相爱的两个人也是如此，两个人在一起太久了，矛盾便应运而生。

和太太相恋的第三年，感情褪去了新鲜感和热情。玩游戏的时间越来越长了，和太太一起的时间越来越少了。聊天的话题越来越少了，晚安偶尔也会忘了说。刚恋爱时每分每秒都想见到她的心情不见了，取而代之的是想要多一些私人空间。曾经让人爱屋及乌满是优点的心上人，也开始有了越来越多让人难以容忍的小毛病。

我曾经以为，爱情会像童话故事的结尾一样，轻描淡写的一句，公主和王子幸福地生活在一起了，公主和王子就真的幸福美满地生活在一起了。却不曾注意其实童话故事里从没有告诉过我们，王子和公主在一起后的生活究竟是什么样子。

当相恋了三年的我们，以为幸福会在两个人在一起后，顺其自然、水到渠成地发生时，现实中频繁地争吵让我们身心疲惫。

记得那时候吵架太太最常说，我不说，你就想不到吗？

我听得莫名其妙，反问她，你不说，我又怎么想得到。

两个人越说越气，越气越吵。

我气得摔过手机、扔过手表，她气得割过手腕、摔过车门。

到最后，她说我不理解她，我觉得她不可理喻。

我有在争吵后反思，为什么两个相爱的人，还会吵架？为什么明明信誓旦旦地保证再也不会吵架，还是会吵得天翻地覆？

这样的疑问，一直持续到在电视剧中看到和我们吵架时一模一样的桥段，我才恍然大悟。原来幸福不会应运而生，应运而生的常常是矛盾。争吵和矛盾才是人与人之间的常态，两个人的相处是需要用心经营的。

那阵子吵架，太太经常会提到分手。之前我是万万不答应的，但说多了难免也会信以为真。

于是有一次我真的以为她对我们的感情心灰意懒，同意了分手。分手后我们两天没有联系，到了第三天，她带着一本存折来找我，一脸漠然地说，这些年都是你花钱，这是分手费。正说着，她表情开始失控，强装冷漠的脸上开始有大颗大颗的泪水滑落。

那一刻我才确定，我们分明还是相爱。

事后我便想，为什么明明相爱，明明愿意为对方着想的两个人，还是会争吵，还是会分道扬镳呢？

我想，大概是因为我们太习惯用自己的方式去爱对方。

我们用心地付出，有时候把自己都感动了，可却从未想过自己付出的并不是对方需要的。像是两座孤岛，用船输送着自以为对方需要的物资，对方明明需要水，另一方却还向它输送着食物。久而久之，需要水的岛屿去和能给予它水的人建立了联系。

我想我们都应该在自己岛上建一座灯塔，常沟通，多理解。

道理讲起来容易，做起来难。

吵架的事想明白后，我们吵架的次数确实有了明显减少。但有些时候，理智仍会被情绪左右，偶尔还是会说着气人的话，伤害最爱的人。

这种时候，我并不建议用理智说服自己。

就像某次我和太太吵了起来，我挂着一脸抑郁回到宿舍。

海洋问我，又吵架了？

我正不吐不快，可我刚要开口，他紧跟着说："你别那么多废话了，赶紧打个电话，好吃好喝送过去，认错！"

我还想辩解，他接着说："当初你追人家的时候，就义无反顾的。现在恋爱了，就据理力争？"

他不容我多说："你赶紧的，不想在一起了就分，还想在一起就跪一个。你一男的！"

那天，我一脸不情愿地去认了错，但当我看到太太的笑容时，再也没有丝毫的不情愿。我没告诉海洋，他话糙理不糙的几句话，后来成了我维系婚姻关系的真言。

　　两个人的相处，哪有那么多好坏对错，哪有那么多的道理可讲，无非是谁爱谁多一点，谁便让着谁多一点。

　　我一男的！不让着点自己老婆！难道还让别人让着吗？一瞬间，豁然开朗。假如情绪控制了你的理智，那么就把理智扔到一边吧。问问自己内心，眼前的女孩是否值得，如果值得，就忘了自己，好好地粘住她。

　　十九岁这一年，我想我们都该换个方式爱对方。

二十岁 想要留住的她和时光

二十岁

想要留住的她和时光

放慢时间的岛屿，回到了过去，也遇见未来。

二十岁时和太太一起去了次福建，和第一次旅行不同，这一次只有我们两个人。

两个人的旅行和一群人的旅行是很不一样的。最显而易见的是在没有了宏宇后，我需要自己安排行程。这是我第一次自己安排一场旅行，从机票到门票，从酒店到景点，从交通工具到线路安排。原来印象中极其简单的事情，亲手操办起来，才了解到其中的不易。

机票要配合时间订，酒店要看着地图选，行程要对应天气安排，环环相扣。还要考虑到很多突发因素，渐渐地问题越来越多，选择越来越纠结。我倒是越来越心疼宏宇了，一想到他强迫症的性格，再联想到他每一次安排行程所经历的纠结，岂止我的十倍二十倍。我还总挑他的刺儿，现在想想，我真是站着说话不腰疼，也难怪他每次都咬牙切齿。

好在我发现得并不晚，再后来的旅行，他每次问我有什么要求，我都不再多言了。我说，都听他的，我只管掏钱。就这样，厦门的旅行，还没出发，我的人生信念手册里便多了一条，如果想在旅行中做个甩手掌柜，请把自己的嘴巴也放到一边。如果你的朋友总是很不满意你的行程，那么请不要在一起旅行了，或许也可以不要再做朋友了。因为真正的朋友，知道你的辛苦后，会说，都听你的。

在这一点上，太太倒是一直做得很好。每次我说去哪儿，她就跟着，从不多问。有风景就看，有美食就吃。有时候我倒还真挺想听她提提意见或者给她讲讲安排，她总是拒绝我，她说："知道多了没意思，我跟着你就好。"

她这份随意的旅行态度，倒是像极了我平时待人处事的风格。

随遇而安，不强求。知难而退，不执念。

生活中我一直是个随遇而安的人，随遇而安到一些朋友忍不住吐槽我难成大业，不过他们的话倒从没影响过我喜欢自己，因为只有自己才知道什么东西真的适合自己。

随遇而安的性格让我收获了一份安逸，因为有了这份安逸，生活中很多让人烦恼的事情都不再恼人了，让我的人生中少了很多不必要的烦恼和麻烦。

像飞机晚点了，我会想着多享受一会儿候机室空调；赶不上长途车了，我会想这下有时间来一碗热腾腾的牛肉面了；没住上心仪的酒店，我就当省钱了；赶上了不好的天气，我就想着这不也是另一番景色吗？

好多事情，我总能更好、更快地发现事物表象下的另一面。

厦门旅行的第一天。

一直到下飞机的时候，我们还没有决定好，到底是先去鼓浪屿，还是先去南靖。我和太太说，如果下飞机，刚好赶上了发车我们就去南靖，如果没赶上我们就在鼓浪屿做两条安分的咸鱼。

所以当其他乘客因为飞机晚点了3个小时而怨声载道时，我却想着又能多睡一会儿了。当降落后赶上了暴雨，大家都在冒雨而行时，我拉着太太去刚刚经过看着很香的面铺，吃了一碗热腾腾的牛肉面。当暴雨过后，其他人都争着抢着去打车时，我叫住太太去拍了刚刚显现在城市上空的两道彩虹，此时一辆去往南靖的巴士，刚刚好停在我们面前。

其实很多时候我们无法断定眼前的事情，到底是好是坏，是幸运或是不幸。就像这一天，虽然飞机晚点，却也补充了睡眠。虽然耽误了些行程，却吃了好吃的牛肉面。虽然大雨倾盆，却看到了双彩虹的美景。

幸与不幸，更多时候是取决于我们自己抱着怎样的心态去对待。所以如果你在生活中不是一个随遇而安的人，那出门旅行的时候不妨换上一份随遇而安的心情，它能让你看到这个世界更加平和美好的另一面。

从厦门机场出发，驶出厦门半岛，一路向西，前往南靖。

福建地区的山，海拔都不高，水汽却很充足，所以北方很难见到云雾环山的景色，在这里倒是特别常见。

四个多小时的车程，太太一直睡着。

中途休息的时候，她醒了，问我，到了吗？

我说，没有。

她问，咱们要去哪儿？

我说，南靖。

她问，南靖有什么？

我说，有土楼。

她"哦"了一声，把头靠在我的肩上，身子找了个舒服的姿势，又昏昏睡去了。

我喜欢被她依靠的感觉，这么多年了，还是很喜欢。

来到南靖实属偶然。

刚刚学习摄影时，看了一组喜欢的照片，便一心想要带太太去鼓浪屿拍照。在做攻略时，网站页面出现了土楼，我一下子被造型奇特的建筑群深深吸引。还未来得及去了解它，已经开始盘算着要多安排两天行程了。

对于建筑，我是有情怀的。生在一个建筑工人家庭，从小家里堆满各类淡蓝色的工程图纸，我做作业的时候，父亲就在边上，用奇形怪状的尺子绘着图。

每次坐在父亲的车上，父亲总是骄傲地讲着，

"小李森，你看！这栋楼是我们盖的！还有那栋！"

"小李森，你看！你妈妈当年就在这里做油漆工。"

"小李森，你看！我当年为了接这个工程，在楼上等了三天。"

北京城的高楼大厦里，尽是父亲青春的回忆。虽然听多了，偶尔嘴上也会不

耐烦地回父亲一句："知道了，爸，你都说了几十次了"，但其实在我心里，对父亲是充满敬佩的。曾几何时，我最大的理想是成为一名建筑师，设计一栋自己的房子。虽然最后没能像父亲一样去做建筑，不过我仍然喜欢用相机记录各种奇特的、好看的、有故事的建筑。

而只是一眼，我便知道，土楼，会有我不容错过的故事。

下午4点左右，抵达了落脚的小镇。

不挑不拣地选了一间客栈，交了两天费用。说是不挑不拣，其实也是没的可选。小镇上最贵的客栈只要120元，一个老旧的二层房子，一层是对外营业的餐厅，二层是几间客房。十平方米不到的房间，是小镇的标准住宿条件，而房间带一个卫生间，已经是豪华配置了。客栈后面是老板家的鸡圈和瀑布。要是放到订房软件上，这房间也算是山景房、海景房了，可在当时，入夜的小镇一片漆黑，哗哗作响的流水声，让夜晚显得格外凝重。

太太问我，有没有很像恐怖片？我不寒而栗，记得那个晚上我真的不敢向窗外看，生怕看到些什么不好的东西。我曾不止一次和太太说起，如果有条件，想要到山里盖一个房子，养几只鸡、几只鸭，种种瓜果蔬菜，过自给自足的生活。现在看来，山里的生活好像和我想的不太一样。

理想的生活，很多时候是经不起现实推敲的。

翌日，起了个大早。那时候太太不需要化妆，醒了，我背上相机，她换好衣服就可以出门了，简单得让我有些怀念。

在福建有两处较为出名的土楼群，永定土楼群和南靖土楼群。前者，开发得早一些，后者比前者晚了十年有余。

选择来南靖也有一些自己的小想法，一是想避开人群，拍照会好看。二是南靖的一句宣传语，让我莫名喜欢。

南靖土楼群有1500余座土楼，其中颇具特色、不容错过的几座，刚刚好在地图上形成了一个环状。绕上一周，即完成了南靖的游览。我们从塔下村出发，然后是东歪西斜的裕昌楼、四菜一汤的田螺坑、云水谣、怀远楼、顺裕楼，一圈下来差不多60公里的车程。

在路上的时候，远望着，第一次看见真实的土楼。黄土质感的外墙，黑色瓦片的屋顶，圆形，不高却宽，很结实的样子。

太太问我，那是不是我们要去的地方。

我看过去，推测着说，应该不是，因为还正在建。

我也是看到正在修筑的土楼才知道，贵为世界文化遗产的土楼，也并不是什么稀罕建筑。在南靖，土楼是常见的建筑，经历千年的时光，它并没有被层层保护，它依然在被使用着。

　　走近土楼，常常要经过一条河，河水呈碧绿色，不透但清。河边有三五成群的女人，有的背着娃，有的娃在她们身边戏水，女人们正用木棒捶打着河水中的衣物。这一幕是从小生活在城市中的我，在电影中才能看到的乡间景象，此时此刻，在这里看到，有那么一刹那我以为走进了什么电影拍摄的现场，如若不是，那大概就是穿越了时光。

　　这也是土楼给我留下的最初的印象，不是建筑造型上的奇特，而是由生活在其中的人们，所赋予它的烟火味。

　　进入土楼，最先欢迎我们的是门口的大鹅。一二三四五，整整齐齐地站成一排，伸着它们本来就很长的脖子，嘎嘎嘎地叫着。

太太听它们叫得凶猛，就奔它们走去，一脸不服地学着鹅的样子叫了起来。鹅倒是突然不叫了。太太放下句狠话："哼，再叫就把你们吃掉！"

我跟她说，人家大白鹅是在看家护院。

她一脸不服，"那它们被我一吓就不叫了！太不专业了！"

我说，估计是没见过你这样嚣张跋扈的贼。

刚说完，大鹅们在身后又叫了起来。

跨过门槛，最先映入眼帘的是两个摊位，摊位随意地摆放着各类商品。伟人的画像、残旧的小人书、木质的手工艺品，是载满了旧时回忆的摊位。摊位没有人，看到我和太太在摊位前驻足，远处一位正忙着做饭的老人，才优哉地向我们走来。

太太买了几枚硬币，留作纪念。老人很开心，说我们是她今天的第一单买卖。然后她问我们要不要去楼上转转。

我说，当然好！

在土楼，一层一般是厨房和圈养牲口的地方。二层是仓库，二层往上就都是人家了。南靖的土楼，大部分还住着人，所以一般二层往上都是不对外开放的，上楼前老人嘱咐我们，轻一点不要大声。

我连忙点头答应。

一口气爬到了顶层，然后一圈圈一层层地往下走。

土楼内的结构，并不是土。而是木头，木质的楼梯、木质的护栏、木质的

门、木质的窗，木头的质感让土楼更有温度。回廊里随处摆放着许多生活用品，还有满载年代感的老物件，老旧的自行车、满是锈迹的门锁、充满时代感的画报，随便拍拍，都会得到一张满载年代感的照片，看着照片我不由开始联想土楼的过往。

千年来中原地区因为战乱、饥荒、灾害，人们大量南迁，这些南迁的人对于迁入地区的原住民而言，便是客，因而被称为客家人。战乱的年代，他们群聚而居，土楼是他们的家。而对那些颠沛流离的后来者而言，土楼则成了他们新的故里。

我想故里南靖的故里两字，或许正是此意。

清晨7点，乘着最早的车离开南靖。

去往鼓浪屿的路上，时间的流速感觉比来时快了不少。翻看着在土楼拍摄的照片，有一点欣喜，有一点得意。这虽然是我第一次运用摄影知识拍照，但是我感觉拍得还不错。

来鼓浪屿是因为看了一组照片，一组摄影师男朋友记录女朋友鼓浪屿旅行的照片。静止的照片中好像讲着故事，引人联想，让人羡慕。他们的照片，让我第一次意识到，原来照片除了可以记录之外，还可以讲述故事。看着他们的照片，便可以感受到两个人旅行中的快乐、摄影师对女朋友的爱意、女朋友在摄影师面前的放松，还有鼓浪屿所承载的时光与浪漫。而摄影师和谐的构图和过硬的摄影技术又让照片得以升华。于是有了出发的念头，想要看看自己在学习摄影后，能拍出什么样的照片。

出发前做了三件平时出发旅行时从不会做的事情。

第一件事，去书店买了好多摄影书。

那个时候，作为超级小白，书店里琳琅满目的摄影书，每一本的封面都充满高大上的气息，于是漫无目的地买了好多本。但其实这些教科书，除了高大上的封面，也并没有什么可取之处，配图毫无美感，知识长篇大论没有重点，很不适合初学摄影的人。

回到家，我挑了内页图片最好看的一本读，一知半解勉勉强强理解了摄影的构图，也就这样一知半解地开始了旅行中的拍摄。那次旅行我还没有搞明白光圈、快门、感光度这些基本参数，一路上仅凭着刚刚掌握的构图知识，收获了当时让我心满意足的照片。

也是如此，我后来常常和想要学习摄影的朋友说，相机不要着急买、书本不要着急看、知识不要着急学，先学会构图。它是摄影的脊梁。

第二件事，去网购平台给太太买了许多衣服。

二十岁，当其他女孩都开始学习化妆、研究穿搭的时候，太太还是牛仔裤配T恤，素面朝天的样子。

也曾和太太提过，我说，咱们底子那么好，也打扮打扮自己呗。她没好气地说，你看谁打扮得好，你找谁去。后来我再也没提过，不过我也不曾死心，既然她不愿意改变，我就改变自己呗。借着出门旅行要拍照的机会，我认认真真地去网购了几条裙子。太太看我又是学摄影又是学着用淘宝，于是半推半就配合了起来。也是从鼓浪屿的旅行开始，后来的每次旅行，给太太挑选适合当地景色的服装，成了我的必要准备。

第三件事，是把那组喜欢的照片保存到手机里，准备模仿着拍。

在学校教育的影响下在我的潜意识中，一直觉得抄袭是可耻的，所以当我下载图片准备按照照片上的内容去模仿着拍摄时，内心挺惭愧的。但那时候技术确实不足，死记硬背了半天的构图和摆姿，在拍摄时却忘得一干二净，只好拿出手机模仿着拍。

当时心里觉得自己好弱，但一路走来才明白，其实模仿是摄影的必经之路。

在模仿的过程中，熟悉基础技能，提高自己的眼界，然后再去创新，才能找到属于自己的风格。

土楼的照片并没有参照，全部是自由发挥。记得当时每一次举起相机都很慌张，除了按快门，脑袋空空的，一点想不起还要做什么。后来才想起发现自己只会构图，于是硬着头皮认认真真地在取景框中寻找黄金分割线和分割点，遵循着三分法构图拍摄。

拍摄后，看着照片，不免惊喜，暗暗感叹，原来我也可以拍出这么好看的照片。

这一年，我们的旅行因为摄影，悄然发生了变化。

　　鼓浪屿是厦门半岛南侧的一个小岛，与厦门岛隔海相望，只隔一条宽600米的鹭江。

　　我们去的时候，鼓浪屿还没有复杂的轮渡制度，岛民和游客都在一个码头乘船。这样乘船的好处，除了方便快捷之外，还给人一种融入当地生活的感觉。

　　船，对于生活在内陆地区的我而言是陌生的。活了20多年，乘船的次数也不过十几次。所以当我知道有一个地方要每天乘船出入上下班时，我的内心充满好奇。

　　从厦门码头到达鼓浪屿码头，5分钟的时间，三言两语之间，船好像还未启程便已经靠岸了。靠岸后，我和太太不约而同地回过身去看，对岸是林立的楼、车水马龙的街市，还有密集的人潮，一片繁华热闹的景象。而鼓浪屿，百年的老建筑、安静的街道，还有悠闲打着牌的老人，一幅安宁静谧的景象。

　　两个相隔不远的地方，给人截然不同的感觉。不用过于用心去感受，肉眼可见地形成了鲜明对比。

　　太太说："好像坐了时光机，穿越了时光。"

放下行李，背上相机便下了楼，楼下的小店和美食即是我们鼓浪屿第一天的全部。

太太从行李箱中拿出了一叠打印了密密麻麻文字的纸。我问她是什么。她有点得意地向我介绍，这是她翻了好几篇游记汇总出来的精华美食攻略。

"你看这个'林氏鱼丸'，刚才路过我都看到了，还有'叶氏麻糍'黑乎乎的也不知道好不好吃。还有海蛎煎我在北京都没见到过。"她越发得意地说着。

"一看你就没做功课！走！大爷带你去吃！"一不小心打开了太太的话匣子。平时她都是静静地跟在我身后，对什么都不感兴趣的样子，突然看到她兴致勃勃的样子，这一整天都变得有些与众不同了。

叶氏麻糍

林氏鱼丸

沈家肠粉

张记扁食

荣记沙茶面

再来一杯张三疯奶茶。

一整个下午，太太认真地按照纸上记录的攻略，一家家品尝。她负责吃第一口，我负责吃她吃不下和不爱吃的。

她说，她第一次发现我有这个作用。我问她什么作用。

她说，剩饭清扫机！这样就可以点很多不同的吃的，还不怕浪费。

　　我和她说，我可爱吃她的剩饭了，我第一次吃她剩饭的时候，开心了好几天，那是我们第一次间接接吻。

　　她听了，脸涨得通红，笑骂有病。

　　除了美食，鼓浪屿还有许多特色小店。牛肉干、牛轧糖、花草茶是不容错过的伴手礼。还有许多卖小玩意儿的店铺，在某购物平台还没有融入千家万户的年代里，这里的小商品让人充满惊喜，尤其是各种猫咪造型的物件，深得太太所爱。

　　阳光明媚的午后，太太进进出出着各式小店，一家一家地挨着逛，生怕错过了某一家。我就跟在她身后，双手举着相机，记录着美好的瞬间。

　　继续向岛内走，告别热闹的街道和小店，便可遇见岛屿静谧的一面，巷子的转角和无人的小路都是拍照的好地方。倚着墙，随便拍一拍，便很好看。

在这里。太太遇到了鼓浪屿的小生灵们。

太太说，可惜也没有吃的给它们。我让她等一等，便冲向刚刚路过的小商铺，买了几根火腿肠。

猫咪聚集的不远处，有一家咖啡厅，我刚好要去卫生间，她先进去了。

等我再看到她，她开心地举着手机给我看手机里的照片。她指着照片中透明玻璃瓶里的10元钱说："你看，这是我捐的！"

然后解释说："这家咖啡厅救助猫咪，每只流浪猫都有照片，可以捐钱给指定的流浪猫。你看我选的这只，眼睛上有个黑圈，好像被打了似的。多傻多可爱。"

我看着她身上，好似有光，像我们第一次交谈时一样，温暖、明媚。

　　时至夜晚，街灯亮起，鼓浪屿添上了一层浪漫的色彩。白天已经逛过的店，在霓虹灯的照射下，有了不一样的感觉，太太忍不住又逛了一遍。

　　晚上9点的时候，街上人潮依旧不减，川流不息的人潮中，我和太太牵着手漫步其中。

　　不经意地想起那句，人潮汹涌，感谢遇见。于是将牵着太太的手握得更紧了些，这是鼓浪屿夜晚独有的浪漫。

一路到了海边。

太太忽然问我，背了那么多东西不用吗？

我看看手里的三脚架，面露难色。不是不用，而是我其实还不知道要怎么用。太太顺势坐在了海边的长椅上，不慌不忙地说："你研究下，我觉得对面还挺好看的，你帮我记录一下吧。"

我看她一点不着急的样子，开始安心在网上查三脚架的用处、如何拍夜景。然后误打误撞地看到了光绘的拍摄方法，我试了好久，她就跑来和我一起研究。

把快门速度调至15秒，太太扶着相机，我跑到相机前胡乱挥动光源，当相机发出咔嚓的声音时，一张画着心形图案的照片显示出来。初次拍摄光绘的我，看着成功的照片莫名激动，嘴上重复地说着，好牛啊！

这是我第一次因为摄影这件事，兴奋不已。

回到酒店房间。

太太开始整理她一天的战利品，我躺在床上翻看这一天的照片。

常听女性朋友抱怨说，她们和老公出门旅行，老公都是往床上一瘫，连酒店都不出。也常听男性朋友说，旅行就到此一游拍个照，多无聊。我想如果我没有了解摄影，我的想法或许会和他们一样。但因为摄影，我开始想要更认真地去旅行、去了解当地文化、去选择适合当地的服饰、去看更多资料、去留下更多美丽的照片。

而我和太太也在旅行中找到了我们相伴的默契，我陪她逛店，她等我拍照。

夜深人静，海边海浪拍打礁石的声音从窗外传入，像是轻妙的鼓浪声。这声音是鼓浪屿名字的由来。夜晚，它似一首安定心神的催眠曲。

我在心里道了一声，晚安鼓浪屿。

二十一岁 不忘初心

二十一

岁

二十一岁时，我成了一名半吊子摄影师。

这一年开始时，我已经是拥有了一小撮粉丝的摄影师了。虽然现在回头看，当时拍摄的照片实属一般，但在当时还是让我得到了一部分人的认可。

这一年我享受着来自网络的关注和赞美，从中收获着难以言喻的存在感和成就感。我自诩是个谦卑的人，是个看别人十分美好，看自己七分不屑的人。是那种很少能从别人的夸奖中获得成就感的人，可在成百上千条的赞美面前，我最终迷失了。

这一年，我开始利用摄影赚钱，粉丝数量与日俱增，偶尔运气好会登上某摄影网站的首页，然后我会在社交平台轻描淡写地发一条状态炫耀。

这一年，在外人眼中，我是个女友漂亮，用自己爱好赚钱，出没在各种摄影网站首页的人生赢家。但并没有人知道在光鲜的外表下，我的内心是怎样的一副狼狈不堪。

羡慕我接活赚钱的人，并没有听到质疑声音的刺耳。羡慕我粉丝量猛涨的人，并不知道，我为了涨几个粉丝混迹各个互粉群。羡慕我登上网站首页的人，并不了解，看似轻描淡写登上的首页，背后却是我废寝忘食的执念。当然我也不会让别人知道。

人啊，展现于外界的，都是自己好的一面。

二十一岁的我，像大部分人一样沉迷于金钱和名望带来的虚荣，但不同的是，我内心深处又极其厌恶为了得到这些而产生的欲望和执念。

这样苦恼的状态，一直持续到和太太的一次谈心。一直以来，太太很少主动和我谈心。我们两个之间的相处，更多时候，一半是小孩子的玩闹，一半是默契的不语。两个人严肃地坐在一起交谈，不是正在吵架，就是刚结束一次吵架。所以她突然发信息说要和我谈谈的时候，我一整天坐立难安，琢磨着自己是不是又犯了什么政治错误。

见面时，她跟我说走一走，我就牵起了她的手。

我问她，要说什么？

她说，她最近看了段话。

我说，然后呢？

她说，是断舍离中的一段话。

听到她说断舍离，我大概也猜到她想说些什么了。

沉默了一会儿，我开始坦白，我说，我最近觉得拍照这件事，好像不那么开心了。

她说，我看你给美女拍照挺开心啊。

我说，我现在有点怀念咱们第一次旅行时，拿着相机什么都不想，一顿乱拍。

她说，那时候你是为了自己，现在你是为了迎合别人。

她接着说，你收了人家钱，人家当然要挑剔点。你还想轻轻松松的，哪有那么多好事？你想得到越多，你承受自然越多。

我没再接她的话，陷入了自己的思绪。

太太离开的时候，递给我一张纸条，嘱咐了一句，让我回宿舍再看。我可等不到回宿舍，路上便打开了纸条，上面写了四个字：不忘初心。

人生有很多时候，都身在局中，身在局中的人往往身陷其中。人们迷茫、无助、不自知，在路遥马急的人间，想要的越来越多，路便会越走越歪。

我想也是因此，漫长的人生道路上才要有人相伴，喜悦的时候可以分享，寂寞的时候可以陪伴，伤感的时候可以依偎，迷惘的时候可以约束。

这一年，我对太太的爱意中多了一些感激之情，她总是可以在生活正要给我一记响亮耳光时，让我更好地看清自己。

而我在审视自己后确定，我终是一个随遇而安的人。金钱和名声虽好，但它们所附加的执念和欲望，所给我带来的痛苦，早晚有一天会让我不堪重负。

我想，当我开始怀念当初那个拿着相机胡乱拍摄的自己时，我已经有了我想要的答案。如果常规的摄影师是以拍摄出能引起世人共鸣的优秀作品为目标，那我想做一个，不为得到他人的认可，只为取悦自己而拍摄的半吊子摄影师。

二十一岁这一年，看清自己，学会做人生中的断舍离。

二十二岁 云山婺里一场花事

二十二　岁

云山婺里 一场花事

二十二岁这一年，在电视上看到了中国最美的乡村，便出发了。

这世上，有一些地方，平日里平平无奇，一旦到了某个季节，便成了最美。这世上，有一些女孩，不打扮其貌不扬，淡妆过后便成了画中的美人。婺源便是这样的地方，太太便是这样的女孩儿。

这一年花开的婺源，她第一次梳妆。

太太是个什么样的人呢？

十八九岁时，当其他女孩儿都开始梳妆打扮，化妆包成了随身携带的必备品时，我还未见太太买过一支口红。当其他女孩儿衣柜里已经堆不下各式各样的衣物时，太太永远一条牛仔裤搭T恤。当别人家的女朋友都开始陪男朋友打游戏时，太太最喜欢做的事是抱着辞海查生僻字。

有一阵子，我是羡慕别人家的女朋友会打扮、会穿搭、还会陪玩游戏的。

有时也会不知死活地和太太唠叨，你看人家谁谁谁。太太便会没好脸色地说，你觉得谁好就去找谁。那时候我以为是她钱不够用，我悄悄吃了两个月的泡面，攒下几千元，带她去逛商场买衣服。结果商场逛了一整天，她看什么都说贵，买什么都犹豫，整整一天后，我竟仍是两手空空。

为此我们吵了一架。

说来好笑，当别人家的女朋友都在埋怨男朋友不舍得给自己花钱时，我家的太太，却在被我埋怨不舍得花我的钱。

那天的我们有点像两个抢着结账的人，为了埋单大打出手、头破血流。想到这儿，我和她吵着吵着就笑了。她见我笑了，也没维持住气鼓鼓的表情，露出了笑容。

本以为事情就这样告一段落了，却不曾想我们没过多久再见面时，她穿了好看的裙子，化了淡淡的妆，还踩了高跟鞋。她踩着高跟鞋有些摇晃的样子到现在我还记忆犹新，她一身白裙如仙如画的样子到现在还让我不时心动。

按说，当时我也算如愿了，应该高兴的。可当时，我内心更多的却是心疼和愧疚的情绪。

我和她说，以后别穿高跟鞋了，我以后再也不和别人比较了，让她好好地做自己。后来我虽然觉得再也看不到太太穿裙子、踩高跟鞋的样子有点可惜，但我再也没有羡慕过别人家会打扮、会穿搭、会陪玩游戏的女朋友，因为我明白，一个愿意为自己着想、为自己做出改变的女朋友，要比会打扮、会穿搭、会陪玩游戏的女朋友珍贵得多。

没想到婺源旅行的第一天，她竟坐在镜前梳妆。

我满心惊讶，我问她："你还是我家太太吗？"
她专心描眉没有理会我。
我问她，没受什么刺激吧？
她没好气地让我走开。

这一年，旅行让我们遇见更好的彼此。
我为她留照，她为我梳妆。

婺源的旅行开始，在景区门口，买了通票。和土楼相似，婺源景区也是由散落各处的村落组成，景点之间近的相距几公里，远的则有几十公里。可徒步、可骑行。

出于我"不让自己的身体太辛苦，要身心愉悦地看风景"的旅行原则，我毫不犹豫地选择了包车。

游览婺源的路线有两条，一条东北走向，一条西北走向。问了第二天包车的司机师傅，师傅推荐了东北走向的线路，如果不准备驻留，可以在一天的游玩过后，继续北上前往宏村，然后前往黄山。

太太突然冒出来，说她想去黄山。平时都是安安静静跟在我身后的她，难得有想去的地方，我当然要满足她的心愿。我们便临时起意，决定在婺源的旅行结束后，直奔黄山方向。

路上太太解释说，她有一个想要周游中国五大名山的想法。她说，小时候，她爸妈工作就忙，忙到她自己坐在角落吃报纸都没有人管。后来她爸妈工作更忙了，她开始一个人在家看影碟，影碟看完了就开始看家里的书，家里的书看完了无聊得开始看词典。他爸妈还以为她特别喜欢看书，有一天突然往家里搬了一整箱书。她说，虽然起初并不是发自内心地喜欢看书，但当时还是很高兴。而一整箱书中，她最喜欢的是泰山传说。

她说，她早晚要去泰山看看，还有那些和泰山齐名的山。

在婺源的地图上，经常可以看到地名中带一个坑字。在这里，有山有水的地方都叫"坑"，村子里姓李的人多，所以叫李坑。

李坑是我们的第一站。它并不大 ，一条蜿蜒的小溪贯通南北，一条青石板路与小溪平行，悠然地向村内延伸，所过之处五步一石桥、十步一门户。墙是斑驳的白墙，花是繁茂的油菜花。田园清秀的小村，一切都是那样的安详、和谐、古雅。

看着眼前的景色，我卖力地搬运着有些沉重的行李，向着将要入住的客栈加快了脚步，想要快一些放下行李，在这小小的村落逛上一逛。

正午的时候，太太在客栈的木质梳妆台前化着妆，我趴在桌边，看着她。那是我第一次见她化妆的样子，我有满心的好奇和数不尽的问题。这是什么？那是什么？问个不停。不曾想第一次化妆的太太，却应答如流。

她眼线画长了一些，我说好像不好看，她皱着眉头看我，一脸无奈地说："画歪了！当然不好看！你不许和我说话了！出去出去出去。"就这样，她第一次化妆，我被推出了房间。想起了网络上的段子，女孩子化妆的时候，在一边的男孩连呼吸都是有罪的。

三月的婺源，花虽然开得还没有四月旺盛，但难得的是，也少了旺季的人山人海。人烟稀少的李坑，更显安详和谐。我拉着太太，闲逛在小店、田野和巷子里，一路用相机记录着眼前的风景，然后在照片上呈现出只属于我的风景。

白墙、石桥、石板路。

黄花、柴堆、老樟树。

摊贩、商铺、小酒馆。

变幻的景色中，唯一不变的是太太。

天空飘起了小雨，我们躲进小酒馆。青梅酒、桂花酒、糯米酒，勾起了太太的好奇。

我说："你喝吧，旁边就是咱们住的地方，不怕喝醉。"

她得意地说："喝醉？怎么可能。"

小酒各点了二两，加一份凉皮，刚坐下便是二两桂花酒润了喉。明明是优雅的姑娘，却从骨子里隐隐地透出了一股酒鬼劲儿，一杯接一杯地喝了起来。

我站到店铺门前，望着门外渐渐被雨水打湿后的李坑。和中国的其他古镇不同，李坑少了一丝静谧，取而代之的是浓浓的烟火气和淡淡的生活味。

渐渐的，日头落了，天色暗了，一晃一个下午过去了。是啊，就是一晃。在古镇，时间总是在不经意间流逝。

雨，淅淅沥沥地下了一整夜，翌日的天空便万里无云。阳光明晃晃的有些刺眼，街道的游人也多了起来。

我和太太说，幸好昨天没犯懒睡觉。人多起来的李坑，少了很多感觉。我等她对我的感慨有所回应，却迟迟没有听见回复。回头看去，她没了踪影，环顾一

周，她已经跑到对岸，手中端着一份热气腾腾的臭豆腐了。

晌午的李坑，多了许多摊贩，也多了几分热闹，还有太太的原形毕露。

汪口、江岭、晓起、思溪，这里村落的名字充满了故事感，让我莫名喜欢，于是还未抵达前便有所期待。旅行的地方多了，会发现有很多景区大同小异，连景区商铺里贩卖的商品也大同小异。

刚刚离开了李坑，太太问我，今天要去的几个地方都有什么不同吗？
我被她问得一愣，还真不知道。
看我没有说话，司机师傅开口道："都差不多，老樟树、油菜花、徽派建筑，还有些老宅子，主要就看这些。"听到司机师傅的话，我开始有些担心婺源会不会也是个大同小异的地方。还好，答案并不像司机师傅所言。

如果说李坑是整个婺源景区的缩影，那婺源其他的村落便是各有千秋。虽然确实如司机师傅所说，看的依然是老樟树、油菜花、白墙黛瓦和老祠堂那么几样东西，但每个村子又因为这些景色比重不同，各有千秋。
而在我这个半吊子摄影师的眼中，这些常人眼中的不同，已是大有不同。

离开李坑的下一站，是汪口。
一片黑白分明的民居和一片翠绿色山岭被一条绵延的江水分割，便是汪口。

汪口给我的感觉，动中有静，静中生动。游人可以选择贯穿了整个村落的直街缓缓而行，也可以跨过连接着两岸的长桥，在密林中寻觅隐秘其中的破庙而

行。但无论如何行进，最终都会行至一处高地，然后俯览整个汪口，俯览之时，
发现这里的动与静之间更加分明。

汪口的不远处，是晓起。

初见晓起，是它两侧布满摊贩的木质回廊，热闹非凡。穿过回廊，是一片平
坦的花田，繁茂宁静。继续深入，会遇见一棵老樟树。刚好有旅行团路过，导游
小姐姐摇着小旗子把团员召集到身边，太太一副占了很大便宜的样子说，走，咱们
去蹭导游。

老樟树已经1500岁了，在过去贫穷饥荒的年代，当邻村的村民开始砍树卖钱时，晓起村村民坚持不去砍树。父母担心小孩子养不活时，会将孩子过继给樟树，成为樟树的孩子，祈求老樟树能保佑孩子平平安安健康成长。

在晓起，老樟树是幸福和平安的象征。绕着它走上一圈，祈求财源广进，两圈身体健康，三圈幸福美满。太太听完，便要去转上几圈，我跟在她身后拍她转圈的样子。一圈过后，她突然停下，转身，向我走来。牵起我的手，带一点命令的口吻对我说："走！一起转！"

光阴似箭，转眼间，我们从十六岁到二十二岁已经一起走过了六年。从第一次牵手的心跳加速，到后来牵手的习以为常，再到旅行中为了更及时地捕捉画面而保持距离。我们好像已经很久没有牵手了。

在晓起的老樟树下，她突然牵我的手，有难以言喻的幸福感涌上心头。而这，便是我对晓起最深的印象。

有些风景再美，好像都不如某个人的轻描淡写来得深刻。

婺源的最后一站是江岭。江岭的特色，无须过多用心感受，肉眼所见的梯田即是江岭的特色，这里有梯田和油菜花的完美搭配。

在江岭，太太说，你拿上三脚架，咱们合个影吧。我一直嫌弃自己丑，所以如非必要，很少出镜，我推托说不要。她接着说："你拍的照片都是我，你

说有一天，你要是先走了，我天天盯着自己的照片看啊？我想找张咱们的合影都难！"

于是支上三脚架，太太提前站好，对焦，按下快门，倒数十秒，我赶紧跑到她身边，摆了一个有些僵硬的剪刀手。这是我们出门旅行，第一次在游人众多的地方用三脚架自拍合影。

曾经我一直觉得，我给太太拍照，相片中虽然没有自己，但我自己知道拍照的人是我就够了。后来的某一天，看到我们自拍的合影时，那些过往拍摄中只有太太的照片，忽然间都多了几分寂寥。

看着我们的合影，我心里想，偶尔能在照片中看到自己，也挺好的。于是这一年开始，我们的旅行不再仅仅是她笑、我拍，偶尔也会一起笑、一起拍。

　　和婺源告别，一路北上，来到宏村。100多公里的距离，两个小时的车程。

　　太太因为要化妆，早上比我早起了许多，在车上抵不住困意睡着了。她靠在我的肩膀上，我刚好手里拿了相机，悄悄拍下她睡觉的模样。熟睡的她，少了几分平时的素雅，多了几分可爱。

　　我看着莫名喜欢，又幸福。我总是能在她身上轻易地获得幸福感，哪怕是再平凡的小事。

　　宏村和婺源只有100多公里的距离，两个地方的景色却给我截然不同的感受。而这样的差异只有三月才能看出，三月的婺源春意盎然、遍地花开、生机勃勃，三月的宏村却还是一副草木萧疏、凄凉寂静的模样。

　　在三月的宏村，还很难见到鲜活的色彩，连大自然中最常见的绿色也很难见到。黑、白、灰是这里的主色调，配上这里的廊桥、湖水、日落、民居，好似

一幅水墨画，画中还隐隐透着一股子寂静凄凉。偶尔会在村中发现零星的鲜艳色彩，橘色的猫咪、墙角的梅花、门前的对联，平日里那些不太起眼的事物，在黑、白、灰的映衬下显得格外醒目。日落时分，我们在村中寻觅着色彩。拍下它们。

也是宏村黑白灰的色调，让我平时习惯的拍摄方式碰了壁。拍了这么久的太太，虽然她的360° 我都爱，但也会对她的回眸有小小的偏爱。可是在宏村，太太的回眸总有些许格格不入。

后来我想，大概是这里太过寂静，容不下一丝明艳。于是我让她背过身去，向前奔跑，留下背影就好。

宏村短暂的停留，却也收获了格外喜欢的照片。南方明明多雨的三月，却也在数天的旅行中一直阳光相伴。我正感恩着，这次旅行有好多的幸运，现实就很快地跑来，打了我的脸。

去往黄山的路上，雨越下越大。

我并不讨厌下雨天。若是和风细雨的日子，我还常常会撑着伞在路边发发呆，在窗边愣愣神。但雨水稍稍急一些、密一些，这份闲情雅致也就荡然无存了。

黄山的雨，又急又密又阴又冷。

清晨听着窗外雨滴敲砸地面的声音，我努力地想要给自己一个今天哪里都不去的理由。直到10点左右，我睡意全无，却仍不想出门。

戳了戳一旁的太太，问她："咱们还去吗？"

她躲在被子里，露着一双大眼睛不说话。

我接着问她："你是不是也不想去了？"

她笑。

过了一会儿，她唰地一下坐了起来，说："走！来都来了！"

来都来了！多少人因为这一句，追悔莫及。

冒着一场中雨，我们还是出发了。即便是雨天，黄山的游客依然不减，等缆车的队伍一眼看不到尽头。排队的时候，除了路面上的积水，还有溅起的雨水，鞋子渐渐湿了，雨伞在风中有些累赘。

天气越来越糟，心情越来越糟，一切都越来越糟。

可即便是如此糟糕，我依然没有把相机收进包中，随时准备着记录。太太吐槽说，也不心疼相机。其实还是有点心疼的，只是相比之下，我更加不愿意错过一些转瞬即逝的景色。

黄山，真的有些险峻。背着20多斤的相机包，单手持相机，在风雨峭壁之中行走，现在想想还有些后怕，要是不注意踩滑了，摔得一定不轻。爬到一半的时候打了退堂鼓，后来一想，爬都爬了一半了，再坚持下，万一雨停了呢，万一天晴了呢，一路上全靠着一丝侥幸心理坚持着。

直到翻过一个山坡，看到一个硕大的木牌。木牌上面写，黄山最佳拍摄地。我顺着木牌方向看去，一片灰白，不见一草、一木、一片云、一束光。

我和太太，相视苦笑。
她说，以后再也不说："来都来了"。
我说，有时候，有些事情，选择放弃比苦苦坚持更正确。
我看着太太有些被打湿的妆容，
道了一声："辛苦老婆大人早起化妆了！"

二十三岁 失恋的一剂良药

二十
三
岁

经历的事情多了，会发现有很多曾经以为毫无规律的事情，其实都是有迹可循的。比如功成名就、比如分道扬镳、比如为什么会有七年之痒、比如人为什么总是在失去后才学会珍惜、比如为什么很多情侣在结婚前不久分手，等等。

这一年，我发现我们大部分人活得都很相似，前二十几年在为了后半辈子活着，后半辈子在为自己下一代活着。而去掉我们人生的前半部分和后半部分，大学的四年校园生活，就成了很多人人生最美好的一段时光。

这样的想法，哪怕到了现在，我有了财务的自由、热爱的事业、美满的家庭后，依然深信不疑。我想也正因此，离开校园的时候，我们才会喝那么多酒、流那么多泪、有那么多不舍。

毕业这一年，我最后一个搬离宿舍，见证了我们宿舍人去屋空的整个过程。一个人在宿舍睡了最后一个晚上，看着对面空荡荡的床铺，回想起平日热闹的宿舍，眼眶不免有些湿润。我们的毕业太过匆忙，没来得及大醉一场、没来得及合影留念、没来得及毕业旅行，甚至没来得及好好告别，就各奔东西了。

这些都曾是我心中的遗憾，而这些遗憾得以释怀，还是二十三岁那一年时，接到了老蔡的电话。

老蔡说，他们还是分手了，想要出去走走。

于是二十三岁这一年，有了一场我们宿舍迟来的毕业旅行。

和老蔡认识的时候，我上初中，他上高中。那时因为我的数理化成绩渣得惊人，所以母亲把我送到数理化成绩好得惊人的他家学习。

而在去他家学习之前，我正经历着我人生中的一段抑郁期。那时候因为零花钱多，常常会请班上玩得好的几个人喝饮料。我以为我大大方方的，朋友会越来越多，朋友关系也会越来越好，不曾想却被当作傻子，人家不仅不记好，还在背后嚼舌根。后来我不再请客，便被他们孤立。因为这样，那段时间我很不喜欢去学校，感觉被自己重视的人背叛，非常抑郁，抑郁到每天放学回家闷在枕头上默默流泪。

这样的自己，一直到遇见老蔡才有了好转。在老蔡家学习的日子里，我们一起放学回家、一起追动画、一起撸串、一起打游戏、一起跨年，那时候他家中条件没我家好，吃饭、玩游戏经常我请客，可每次在我结账的时候才发现他已经把账结了。

他是我人生中第一个抢着埋单的朋友。

那时候脑子里并没有识人之术。只是觉得和老蔡这样的人做朋友很舒服，以后交朋友也要交抢着结账的朋友就对了。后来才懂得，交朋友和谈恋爱一样，好的友情和爱情都是建立在互相尊重、互相认同的基础上。

你爱一个人，多爱都没有用，只有相爱才有用。

你在乎一个人，多在乎都没有用，只有相互在乎才算得上友情。

从此我不再为那些我曾经看重的人或事烦恼，因为我确定他们并不值得。

这是老蔡拯救我的故事。

所以当老蔡说他分手了，想要出去走走时，我满腔热忱，高喊口号。
这一次！老蔡，由我来拯救！

失恋 是什么？
是一种沉浸在过往回忆中走不出来的病，会失眠、会心痛、会流泪。
旅行是什么？
这一年，旅行是治疗失恋的一剂良药，去到陌生的城市，烂醉、大哭。

接到老蔡的电话后，我陆续给其他小伙伴打了电话，说明原因，确定人数。简单询问大家什么时候有时间，有没有什么特别想要去的地方。大家不约而同地说："随意，能一起出去走走就好。"

于是几天后，我们行驶在了去往大连的路上。

大连的海是深蓝色的，金石滩的海是大连最深的蓝。

五月初的金石滩，海风微凉，因为还未开海，也没有太多游人。旁边是名为发现王国的游乐场，里面有粉红色的旋转木马，夜晚8点会有绚烂的烟花秀。酒店的日式房间意料之外的宽敞精致。若是恋爱中的情侣，这里一定是留下浪漫回忆的不二之选。

只是不凑巧，我们是来向大海倾诉烦恼的。

在海边坐成一排，老蔡开始讲他的故事。

他和她在一起的时候，也不过17岁。

高中时期一起努力高考，大学时期一起租房子生活，过程平淡，却从不缺少幸福的味道。在我们这些旁人眼中，他踏实可靠，她善良温柔，我们都以为，他们会这样一直走下去。

老蔡说，他也以为会是这样。

说起分手原因。
他说，她母亲嫌他的房子小，嫌公务员赚得少。
他说，她也试着反驳过母亲，但最终没抵住日渐积多的家庭压力。
他说，他过几年就调职了，她能等等他就好了。
他说着说着就哽咽了，像是个不知道犯了什么错却受了罚的孩子，又无辜又无助。

我最听不了爱情被现实打败的故事，可最容易打败爱情的往往是现实。那晚我们都喝了酒，然后像大学时一样，关着灯躺在一起，聊了一整晚。

聊起过往，聊起第一次见面时的情景、聊起宿舍停电无所事事的夏天、聊起第一次一起旅行、聊起他们被我一起拉进魔兽世界。
聊起最近，老蔡说他要转正了，旺旺说他要回去继承家业了，海洋说他在西单支了个摊儿，华哥说他又涨了500元工资，最后我说，我可能快结婚了。

那晚我们聊了很多很多，却再也没提起她。

旅行的最后一天，我们一起去了一家书店。

太太喜欢书店的名字。
我喜欢书店外的景色，金色夕阳映照的码头，停了数不尽的帆船。

一整个下午，我们每个人都认真地给未来的自己邮寄了一张明信片。

太太写了一封信，满满一整页，特别神秘，无论如何也不让我看。她说，结
婚前一天会收到。

二十四岁　感未同 身未受

二十四
岁

感未同 身未受

有没有一个地方，连它的名字都很喜欢。像喜欢一个人时，会在书本上写她的名字。这一年，去喜欢的地方，写下喜欢的人的名字，是我想到的最浪漫的事。

八月的云南正值雨季，前一秒艳阳高照的古城，后一秒便可能倾盆大雨。然后大雨还未落尽，隔了一条马路的地方已经有阳光洒落。因为这样，八月的云南，在我印象中拥有着一年中最多的彩虹、最层次分明的云朵，还有被雨水打湿尽显温柔的古城。

丽江古城，又叫大研古城，太太说她更喜欢它原来的名字，现在的名字好像太过华丽了。

雨后的丽江古城，乌云还未散尽，有微弱的阳光洒落。太太穿了白色的旗袍上衣和一条棕色的长裙漫步城中。虽然和街上行人的着装格格不入，却和古城的景色相得益彰。

我们在古城中闲逛，借着微弱的光，拍温暖的照片。

古城的街很长，长得走着走着就想回头看看，生怕自己迷路。好在街上的小店并不无趣，八九步之间，总有些颇具特色的小店让太太惊喜。

和往日旅行不同，这次旅行买下第一件纪念品的不是太太，是我。

前些年，有一部电视剧。剧中的男人来到喜欢的女人的故乡，进了一家卖铃铛的店铺，店中有一对铃铛，名为龙凤铃。龙凤铃有一个龙铃、一个凤铃，两个铃铛各自有各自的声音，而它们合在一起又有了第三种声音，像极了相爱的两个人。

这世上从不缺美好的事物，有些美好来自事物本身，有些美好则来自人们赋予事物的意义。我更喜欢后者，相比那些本身就与众不同、意义非凡的事物，我更喜欢给那些平凡的事物赋予不平凡的意义，让平凡的事物拥有温度和光芒。

当时看完电视剧，我在网络上四处寻找这对铃铛，最终无功而返。如今，在古城看到，它已经成为古城的热销商品之一。毫不犹豫，赶紧买下。

一整天的闲逛后，我的手里已经拎满了大大小小的口袋，鲜花饼、银梳子、牦牛肉，还有满是东巴文化特色的小商品，这些都是太太的战利品。许多年了，她依然兴致勃勃地进出每一家小店，认真和老板砍价。然后向我展示她买了什么，回家后她会把它们整齐地放到她的宝物收纳盒。

和我拍照一样，那是她收藏回忆的方式。

夜晚的时候，白天空无一人的酒吧街热闹了起来。下午路过时看到懒懒散散趴在桌上睡觉的店员，开始在门口卖力地邀请行人进店。五彩的射灯、弥漫的烟雾、刺耳的音乐，让古城蒙上了一层喧嚣。

一直不喜欢酒吧，下意识地拉着太太加快了脚步。

回到酒店，翻了翻相机中的照片。我和太太说，好像一天就把计划拍摄的内容搞定了。

太太问我，那明天干嘛？

我说，还真没什么事。

她说，那就入乡随俗睡一天懒觉吧。

于是我们云南的旅行，从睡懒觉开始了。

　　泸沽湖是我们云南旅行的第二站，位于云南北侧，云南与四川交会之处。距离丽江200余公里，八年后再去泸沽湖，200多公里的路程仅需要4个小时左右。但这一年，200多公里需要7个多小时。

　　一大清早我们开始整理行李，收起在丽江的慵懒，勤快地早早出发了。

　　八月的云南，即便运气再好，也很难在数十日的旅行中，每天都有晴空相伴，不然雨季真的是白叫了。刚要拎着行李迈出房间，雨就下了起来，我拖着行李走在不平整的石板路上，稍不注意便被雨水打湿了衣服，衣服湿答答地粘在皮肤上有些难受。

　　太太努力把伞往我的头上撑。我说，不用，让她给自己撑。她倔得很，一直给我撑着，直到我把行李放上了车。结果，我衣服湿了大半，她的头发则由直变卷，卷发是太太头发本来的样子，被拉直的头发一遇到水汽便会打卷，此时，她的头发全都卷了起来。我看着她湿了的头发，想起高原上很容易着凉，便有不好的预感在脑中一闪而过，我连忙拿手纸给她擦干。

她毫不在意，说没事。

去往泸沽湖的路是需要翻山越岭的。雨季的山路，掉落在路面大大小小的落石和画着红十字的白色帐篷随处可见，隐隐透露出危险的讯号，让人不由得开始紧张起来。

也只有在这时，旅行是件高度危险的事，才会浮现脑海。

生命是脆弱的，每天都有不计其数的人，因为突发状况而离开这世界。记得初中的时候，因为喝生水，导致肠胃炎，上吐下泻了两个星期，当时自己不以为然，每天乖乖地在医院输液、吃药，后来也就好了。直到有天忽然回想起那段时间母亲每天在病床前哭，我才后知后觉病情的严重。后来母亲说，当时医院下了病危通知书，叫他们有心理准备。

还有一次，和太太在车站等车，离着十几米远有建筑工地，突然坠落了一块拳头大的石头，刚刚好擦着太太的肩膀砸在了地上。要不是太太头顶的树枝改变了石头的坠落线路，估计会正中太太的头部，后果不堪设想。

在我并不算漫长的人生中，这样与死亡擦肩而过的瞬间，并不少见。我们常常觉得死亡离我们很遥远，因为如果我们足够幸运，我们可以有百年的寿命，于是便很少想起生命会戛然而止。

可真正活到100岁的又有几人？据说这个世界，每一秒就有20个人因为各种各样的情况离开。我们永远说不准意外和明天哪一个会先来。

汽车行驶在峭壁之下，我坐在车上，胡思乱想，默默祈祷着平安，然后便听到从太太方向传来了她无力的声音。

她说，她好像有点发烧。

在50平方公里的泸沽湖中，有着无数大小岛屿。其中里格岛，是泸沽湖北缘海湾内一个海堤连岛，三面环水，还有一面由一条宽不到5米的小路连接。岛屿由高处眺望，好似湖中一滴眼泪，岛上则建满了客栈，很多客栈都有落地的大窗，让人身在房间中却可以将湖景一览无余。

我花了大价钱，提前三个月订了里格岛上景色最好的一间，想制造一波浪漫，结果事与愿违，浪漫成了徒增的烦恼。

大巴车并不向里格岛湾内行驶，停在半山腰，需要我们自己走到客栈。可走路，对于当时的太太而言，难如登天。没走几步，她就不得不蹲在路边休息一会儿。

我看着心疼，但除了心疼之外，只能安慰她说："还好都是下坡路，加油。"多么苍白无力的安慰。

本以为到了客栈，就可以躺在床上，吃上药，喝上一碗白粥，好好休息。老板娘却说岛上停电了，厨师要晚上才回来，房间还没打扫完，泸沽湖没有正规的医院，一连串意料之外的坏消息，让我绝望。

我和老板订下了白粥和晚餐，赶紧回了房间。回房间时，太太刚刚吐完从厕所出来，一脸憔悴。

她躺到床上，看着窗外说，多好的景色，可惜了。

我摸摸她的头说，睡会儿吧。

她睡着了，我就拉着她的手在旁边坐着。然后又开始胡思乱想。想起前不久才看了一则新闻，父母带着孩子去西藏，孩子高原反应引发脑水肿，然后死亡。想到这儿，握着太太的手，不由得紧了紧。

太太被我吵醒，说，别愁眉苦脸的，跟我要死了似的。

我让她不许乱说话。

她说，没事，明天说不定就好了。她总是说没事。

不知过了多久，太阳已经落下，天色渐渐暗了下来，客栈依然没有电，房间里开始变得漆黑。

老板电话告知晚餐好了。我们摸着黑，去房间楼下的餐厅。没有窗户的餐厅，黑压压的，老板在我们桌前点了两支蜡烛。

太太说，还是烛光晚餐啊。

　　泸沽湖旅行的第一天，我们在花了大价钱的湖景客栈里，苦中作乐。

　　环湖的当天，太太早起化了妆，穿好了白色的长裙，看似病情有所好转。

　　我问她，要不然在房间里休息吧？

　　她说，没事，衣服都换好了。

　　其实我内心是很想转一圈，对泸沽湖有太多期待，有太多想拍摄的内容，这样一个跋山涉水来到的地方，不知道未来还会不会再来。所以，当太太说没事时，我因为一己私欲就没再追问。

　　环湖一圈，便会知道泸沽湖的美。

　　湖面倒映着天空中的云层，一叶轻舟，浮于湖面，好似飘在云中。

　　湖的东侧，有金黄色的草海。

　　湖的西侧，有名为情人滩的浅滩，日落时分，可以在这里感受泸沽湖最深的蓝。

　　湖的南侧，有无人问津的港口，无人问津的港口总是开满了鲜花。

　　湖的北侧，有一株不知道多少岁的桃树，在路旁静静绽放，微风拂过，飞花似雪。

　　湖中心的岛屿，名为里务比岛，岛上挂满了木质的许愿牌，一眼望去，不见尽头。换作平时，我大概也不会凑什么热闹许什么心愿，但这一天，我买了一个牌子，认真地写了太太的名字，然后刻了"安康"两个字。

　　希望她快一点好转，哪怕能快一点点也好。

　　可惜的是泸沽湖再美，太太并没有心情欣赏。对于她而言，这一天也并没有和我一样的诸多感受，按她的话说，她这一天，只有恶心和难受。

一路上，她断断续续地呕吐。我并没有什么有效的方法让她更好受一些，只能一次又一次地问，没事吧？她的答案，一直是没事。可她又哪里像是没事的样子。

相处久了的两个人，不再有初见时对彼此的好奇与欢喜。不再努力把自己优秀的一面展示给对方，也不再去掩盖自己的缺点。相处越久，彼此看到对方的缺点越多。按常理说，这样子下去，分道扬镳才是人与人相处的终局。但偏偏，我们有太多放不下的东西，回忆、利益、执念，还有初见时的欢喜，于是我们常常将就。我自认为，我活得要比普通大众不将就多了，可不知不觉，自己也还是变成了自己明明知道不该变成的样子。

就像在泸沽湖，我明明知道应该让太太待在酒店休息，应该不惜代价包一辆车立刻回古城去医院，但我还是因为太太的一句"没事"，放任了自己的私欲，去环湖拍照。

一直以来，我都觉得，我们两人的感情，是我付出得更多。这一天，当她一次次说着没事，而我每次都因为自己的一些目的，选择去相信她没事时，我才明白我爱得更多的其实是自己。

相比之下，太太对我的爱，要比我对她的更无私。

好在时间不会停滞，无论我们做了怎样的选择，它都会一直向前。心中即便有再多愧疚，也终于到了离开泸沽湖的日子。

离开泸沽湖的早上，太太病情并没有好转。一想到还要在拥挤、不透气且不能随意停靠的大巴车上坐七个多小时，我就忧心忡忡。到了约定的时间，并不见大巴车，又过了一会儿，一辆轿车从远处驶来，我没在意，轿车却稳稳停在了我们面前。

司机摇下车窗说，你们是回丽江的吧？

我有点蒙地点头。

不等我多问，司机师傅已经下车要把我们的行李放进后备厢。

我问，不是大巴车吗？

师傅说，人不够，分给小车了。

我难掩喜悦，嘴上不停说着，太好了，太好了。

都说倒霉到极致，好运就该来了。这是这么多天来，第一件好事。

回到丽江，放下行李。我把太太拖进了医院。

医生说是急性肠胃炎，要输液。

太太还想给我科普输液对身体危害很大，我没给她机会，把她送进了输液室。

三个小时，两瓶点滴过后，太太有了明显好转。我们走出医院的时候，古城刚刚下完了一场雷阵雨，有阳光从云层中射出。

深深吸了口气，感受着内心的雨过天晴。

　　病情好转的太太，说她想吃米线，我们就跑去了最近的米线店。

　　米线刚一上桌，太太这个记吃不记打的家伙就动起了歪心思，拿起桌上的辣椒油就想往米线里加。被我严肃制止，她还贼心不死。

　　我问她，明天还去香格里拉吗？我提议在丽江睡几天懒觉，闲逛闲逛也挺好的。

　　她说，不是酒店都订了吗？

　　我说，可以退。

　　她说，你把那辣椒给我，我吃点儿，看看我明天有事没事儿？有事儿算了，没事儿咱们就去。

　　我拉长脸说，为了一口辣椒，需要这么不择手段吗？

　　她坚定地点点头，需要！

　　不过幸好我也很坚定，最终没让她得逞，但我们商量明天睡醒看情况是否要出发去香格里拉。

　　隔日我们醒得都挺早，我上下打量她，问她感觉身体如何。

　　她唰地一下站起来，原地跑两圈、蹦了几下，然后说，特别好！

我说，要不然咱们走着。

她说，走！

我们就这样还是出发了。

丽江去往香格里拉的路上，有许多知名景点，也有许多不知名的美景。这时就会凸显出包车的好处。遇到当地司机师傅，如果他心情不错，就会在好风景的地方停下让我们拍照，有的甚至绕路带我们去看一些私藏的风景。

我们运气很好，碰上司机师傅的妻子，刚好要回迪庆的娘家。不仅给我们的车费打了折，他的妻子还给我们一路讲解。遇上好看的风景，他都会停车，然后热情地告诉我要在哪个位置往哪个角度拍更好看。

我已经记不清因为美景停下了多少次了，每次我睡得正酣时，都被师傅叫醒，拉下车拍照。有时迷迷糊糊的都不知道自己拍了什么，但师傅的那股子热情劲儿，却给我留下了深深的印象，让我觉得暖暖的，让我后来每次和朋友聊起云南都会忍不住先说起他。

同样的事情，也曾在上海发生过，那次是和太太在路边看公交站牌，一位路过的老爷爷来问我们，要去哪里。我们说，去外滩。他告诉我们要坐哪一路车。然后离开。离开的时候，刚好那一路车迎面驶来，本来已经走远的老爷爷回身使劲指，示意我们就是这辆车。自此，我每每讲起对上海的感觉，便和这位陌生老爷爷的热情难以分割。

一座百万余人的城市，百万分之一的我们，渺小得像一粒微尘。可微尘般渺小的我们，却可以因为一句善言、一份热情、一次无心的助人为乐，温暖一座城市。何乐而不为呢？

去往香格里拉的沿途有一次令我印象深刻的停留。停车的具体位置已经记不清了，只记得是一片湿地，拍照很美，有很多车停靠路边，人们下车拍照，因为停靠的游人多了，便有很多附近村子的人来此做买卖。

我们的车刚停下，两三个小朋友便围了上来，深邃的眼窝、大大的眼睛，有一种纯净在她们眼神中流转。与她们纯净眼神形成对比的是她们身上缝缝补补的衣服和满是泥点的鞋，看得出生活对她们并不温柔。

司机师傅解释说，她们是来卖青稞的，五元一袋。
我扫视了下她们手中的青稞，看着好像并不难吃，又数了数她们的人数。
1、2、3、4、5、6，我说，我都买了。
几个孩子开心坏了，她们拿了钱，一路蹦跳着离开，好像是要回家。

她们离开的方向，有其他孩子和她们交谈，交谈过后，那些孩子向我们车跑来。看这意思，大概是发现大金主了，大家一起上。车门一下子被她们堵住，不太会汉语的她们，往我手里不断塞青稞。
司机师傅看我面露难色，于是他和孩子们商量，他买两袋，让孩子们散去。
卖掉青稞的孩子的脸上露出了喜悦，没卖掉手中青稞的孩子的脸上尽是失落。虽有不甘，孩子们还是乖乖散了。只剩下一个个子不高的小女孩儿，迟迟没有离开，她说了几句不太流利的普通话，说着说着眼眶就红了。

我自然是难以视而不见。

曾几何时，电视新闻大肆报道，街上的乞讨者很大一部分都是行骗团伙。一时间，我对这些利用他人善心赚取钱财的事情深恶痛绝。有阵子，我是拒绝帮助陌生人的，我不想我的善心被人利用，甚至助纣为虐。

直到有一次和太太一起走在天桥上，太太在经过一位乞讨老者面前时，随手放了10元钱。

我问太太，你不怕他是骗子吗？

她反问我，为什么要怕？

她接着说，少了这十元钱，咱们又不会怎样，但这十元钱或许能让这个人买好几个馒头呢。

我的观念在那一天被她改变，我在心里给自己加了一条新规则。

行无关痛痒之善，积无心无欲之德。

在不损害自己利益的情况下，只要能帮助别人，就值得去做。

香格里拉，藏语意为：心中的日月。

"太阳最早照耀的地方，是东方的建塘，人间最殊胜的地方，是奶子河畔的香格里拉。"自从英国作家詹姆斯·希尔顿的长篇小说《消失的地平线》问世以来，作品中描绘的香格里拉，便成了无数人向往追寻之地。

小说中的香格里拉是第一次世界大战期间，一位英国飞行员因事故跳伞，发现自己无意间闯入了一个仙境般的世界。纯净的雪山、明澈的湖水、葱茂的森林，和战火连天的欧洲相比，这里犹如世外桃源。之后飞行员根据在这里的生活经历编写了一本回忆录，他把这片净土称为"香格里拉"。

小说中并没有提及香格里拉的准确位置。后来云南省启动了寻找香格里拉的考察计划，再后来云南省召开新闻发布会宣布，举世寻觅的世外桃源——香格里拉就位于迪庆，随后将中甸县更名为香格里拉市。在路上司机师傅向我们讲述香格里拉的前世今生。

也许是先前对香格里拉有太多期待，当了解到被世人称颂的世外桃源，不过是一个小说的产物，连名字都是后来改的，我不免有些失望。在古城逛了逛结合了藏族特色的建筑，转一转世界最大的转经筒，香格里拉之行在平平淡淡中结束了。

离开的路上，又看见一群卖青稞的孩子。看着这些孩子，不由想到，她们住在这世人所谓的香格里拉之中，可她们心中的香格里拉又在哪里？

我想或许只是一个三餐温饱的家。

而说起家，这一次旅行结束后，我们就要开始忙活自己的家。

二十五岁　明天我要嫁给他了

二十五
岁

二十五岁，我们迎来了我们的婚姻。

这一年，常常有朋友问，为什么这么早结婚？
每一次都会条件反射地反问一句，早吗？

从十六岁到二十五岁，我和太太已经谈了将近十年的恋爱，好像再不结婚，也没什么事可做了。

结婚对我而言，不过是一件顺其自然的小事儿。
婚姻对我而言，也只是为了更好地和她谈恋爱。

不知从什么时候开始，婚姻不知不觉地成了人们口中爱情的"正果"，为了修成这"正果"，世人不遗余力。

有人掏空父母的血汗钱买房买车，有为凑齐彩礼欠下一身的债，有人毫无尊严地讨好，有人累死累活地想要般配。

终于有一天，两个人领了证，步入了婚姻的殿堂，修成了所谓的"正果"。他们却忽然发现，住在一个屋檐下争吵反而变多了，发现对方和自己想象中的越来越不一样，发现婚前对自己无微不至、关心体贴的另一半，是个惯用暴力解决问题的人渣，发现自己不再像从前一般包容对方了，发现要面对的不仅仅是一个人，还要面对对方的父母甚至家族。

我想，那些说"婚姻是爱情的正果"的人，大概眼中只有婚礼上让人感动落泪的浪漫一幕。若他们眼光再长远一点，看到婚后生活中的种种，"婚姻是爱情的正果"这种想法，是万万不会有的。

在我心里，婚姻更像一道考验爱情的劫。没有做好准备的爱情，在经历婚姻时只会烟消云散。而一旦通过考验，婚姻就变成了爱情的稳定剂。

我常说结婚之前，一定要认清自己，也看清对方。知道自己的需求，也了解对方的需求。知道自己拥有什么，也了解对方能给予自己什么。

这是一个需要很多时间的过程，这个过程没有什么捷径，因为没有人会主动显露出，有时连自己都不愿接受自己的不堪一面，唯有时间，将事实和人心一点点展露。

在经历爱情初遇时的美好、追求时的义无反顾、争吵过后的包容、新鲜感褪去后的平淡后，当你发现你们彼此沉默不语，却不需要急着寻找话题时。当他或她和你想象中的另一半相去甚远，你却依然深爱时。当爱情开始变得平淡，有新的新鲜感来临，你依然坚定不移地偏爱对方时。当生活只剩平淡甚至苦难，你却依然愿意和他一起努力时。

这时，婚姻或许才是爱情的正果。

所以，结婚之前，请先好好恋爱吧。谈得久一些，久到婚姻变成一件顺其自然的小事。

二十五岁，我们的婚礼从这一年的开始进入倒计时。

上一年十月，我第一次见了岳父岳母。

岳母见我的第一句话说，这不还是当年那小子吗。

太太在一旁玩笑着说，就是当年我爸要打断腿那个。

岳父在厨房做饭，没理会。

我全程僵硬，半天憋了一句，叔叔阿姨我们想明年把婚结了。

十一月的时候，两家父母坐在一起吃了饭。

父亲母亲和岳父岳母本是一个公司的人。母亲问岳母亲，你知道这两个小家伙，出生时睡的婴儿床是靠着的吗？

岳母说，知道。父亲和岳父也说知道。

我和太太四目相对，听得一头雾水。

十二月的时候，我们领了证。

一月的时候，买了钻戒，还买了婚纱。

太太问我，租一个婚纱不好吗？

我嫌弃地说她，什么都不懂，一辈子只穿一次的衣服可以不买，但一辈子只穿一件的衣服必须要拥有。不仅要买，我还要把它框起来挂着呢。

二月的时候，订了酒席。

给要好的朋友都发了请帖，很庆幸，没有一个人说来不了。

三月的时候，岳母给太太一张银行卡，岳母说家里也没什么钱，这些钱你们付个房子首付。听到岳母的话，我当时吃在嘴里的饭差点没喷出来。

太太一脸无奈地和岳母说，房子都装修完半年了。

她接着说，她果然不是亲生的，什么都不知道，就把她嫁出去了。说完，岳父岳母也被逗笑了。

我在心底有几分窃喜，想想别人家结婚都在为了彩礼闹得不情不愿不欢而散，我的岳父岳母不仅没提过一句彩礼，反而要主动给我钱买房。我想也只有这样的父母，才能教育出太太这般清心寡欲的性格。

我一定是娶到传说中的宝藏女孩儿了。

终于到了四月，我们婚礼恰到好处地如约而至。

婚礼的前一天，收到了太太在大连时写下的明信片。

那个人总在意想不到的事情上给你惊喜和关心，却忽略你以为他该记住的小事。

那个人会明目张胆地吃醋，然后理直气壮地觉得自己一点都没错。

那个人会让你知道，在他的计划里，你是重要的一部分，而且他也在这么做。

那个人会每次叮嘱你到家给他拨一通电话，而且他到家也会告诉你。

那个人会每天不厌其烦地提醒你中午记得吃饭。

那个人会在雨天给你打伞，然后他的衣服一半会湿掉。

那个人不会因为你迟到而生气，他会等你很久很久。

那个人肯为你花掉兜里最后一块钱，还觉得是应该的。

那个人喜欢玩游戏，在游戏里也保护你，哪怕打不过人家，他也会让你快跑。

那个人喜欢旅行，但前提是你一定要和他同去。

那个人喜欢拍照，你在看风景，他在相机里看你，快门按个不停。

那个人宁愿不见你，也不愿出去没钱，花你的钱。

那个人总会主动向你汇报他的行踪，让你时刻知道他在哪里。

那个人吃东西很挑剔，却愿意为你吃下无比难吃的东西。

那个人会嫌弃你不爱买衣服打扮自己，

然后买一堆合适、不合适的给你，还沾沾自喜。

那个人总是顺手接过你手里的包包，哪怕一点儿都不沉。

那个人的怀抱总让你眷恋，并且充满安全感。

那个人是你不止一次想过和他一辈子到老，托付终身的人。

那个人是第一个也是唯一一个让你知道吵架之后什么是心痛的感觉，

却还不舍得放下的人。

那个人成功地把你从唯物主义论者，变成一个唯心主义论者，

就算再不可思议，你的内心还是愿意相信他。

那个人也许会对你撒点小谎，但出发点一定是善意的。

那个人愿意为你一点一点地改变自己。

那个人千方百计地对你好。

那个人，明天我要嫁给他了。

婚礼前一天下午，五六点钟的时候，好友们陆陆续续地赶来。一边聊着闲天儿，一边贴喜字、包喜糖、打气球、绑蝴蝶结，忙得不亦乐乎。毕业之后，我们已经很久没有聚在一起，一本正经地忙活同一件事儿了。

晚上9点的时候，差不多都忙完了，却没有一个人离开。

老蔡喊着说，走啊！终极单身夜！

海洋说，回头完美错过婚礼，就牛了。

旺旺说，直接吃火锅到天亮吧。

华哥在一边起哄、鼓掌。

婚礼的当天，忙得晕头转向。开着自己不太熟悉的车接亲，差一点迷路。搞丢了婚戒，借用了宏宇的。不开窍的好友，送了一大束玫瑰花。敬茶的时候，改口喊爸，结果喊成了叔叔。

精心策划的婚礼，状况频出，好像少了几分浪漫。但念婚礼誓词的时候，泪水还是不争气地流了下来。也并不是因为誓词真的很感人，只是当主持人问："你是否愿意娶宋梦雅作为你的妻子？无论是顺境或逆境，富裕或贫穷，健康或疾病，快乐或忧愁，你都将毫无保留地爱她，对她忠诚直到永远？"时，那一刻过往十年的回忆在脑海中一一浮现。

二十五岁这一年，我对她说，我愿意。

二十六岁　玉墨

二十六岁

玉墨，是我人生中最意料之外的美好，我却曾不假思索地，想要舍弃掉这份命运赐予我最美好的礼物。

婚礼结束的第二天，晚上去餐厅吃饭，太太忽然说，有点反胃。

我说回家赶紧吃点胃药。

太太说，这次胃疼和平时感觉不太一样，我就在回家的路上多了个心眼儿，买了验孕棒。

第二天一早，验孕棒上显示了两条横线。虽然使用前已经反反复复看了很多遍说明书，但当我看到两条横线的结果时，还是难以置信地又向太太确认了一次："两条横线是怀孕了吗？"。

她说，是。

结婚前，我辞去了原本的室内设计的工作。开始准备操办自己的摄影工作室、旅行公众号，还有餐厅，简言之就是准备在事业上大展宏图。按照计划，婚礼后第一件事是去欧洲旅行，然后旅行中开始我的欧洲旅拍计划，积攒作品。

当我知道太太怀孕时，我在原地愣住了好一会儿，觉得自己是在做梦。

我问太太，是否要留下它。
她反问我，你说呢？

那一刻，我被命运推到了人生的十字路口上，眼前尽是迷惘。我们看着对方，彼此沉默，显然我们谁都没做好准备。

沉默中，我开始权衡利弊。面对未来的事业和太太腹中还没有产生感情的小小细胞。我说出了现在看来我人生中最残忍的一句话。

我说，把她打掉吧。

话音刚落，眼见着，太太的眼泪大颗大颗地流了下来。其实放弃她也并不是我唯一的答案，只是权衡利弊之下，说出了我更倾向的结果。而我内心，至少还有一半，希望太太可以否定我的提议。人就是这样的，嘴上说的并不是全部，但听到的人，却总以为这就是你全部的想法。

她一直没说话，眼泪一直往下流。十几分钟过去，我们面对面坐着，依然沉默，但我们的心中却都有了答案。

她舍不得不要她，我舍不得她伤心。

后来她情绪平和了，我问她为什么那么伤心。她说，她觉得是在杀死一个小生命。原来，当我只觉得她还只是个细胞时，太太已经把她视作一个小小的生命了。

太太怀孕后的第二个月开始孕吐，孕吐一直持续到孕期的第八个月才有所好转。因此希腊和土耳其的旅行，受孕吐影响并不顺利。不过这一次，我并没有像在泸沽湖时，为了自己的目的，让她配合拍照。简单地逛一逛，随意地拍一拍，是这次旅行的全部。

甘心吗？当然会有不甘心了！

看着圣托里尼岛白墙蓝顶的房屋，好几次都想把太太喊住拍上一组照片。可看着太太难受的样子，我压住了内心的渴望，我不想让她看出我很想拍照，也不忍心她拖着难受的身体配合我拍照。

可压制自己的欲望，又谈何容易。一路上，美好的景色让内心的遗憾和不甘只增不减，先前对这次旅行的期望有多大，当时的负面情绪就有多高。我有些破罐子破摔，不能给太太拍照的旅行，我连相机都不想拿。这样下来，十几天的旅行后，我特意买的128G的内存卡中也只存下了寥寥十几张照片。后来我常开玩笑说，6万多的旅费，十五张照片，平均一张4000元钱，我拍照果然很贵，玩笑中尽是遗憾和自嘲。

不过其实在我心里，对于这次旅行的消极怠工，虽有遗憾，却没有丝毫悔

意。我甚至对一路压制拍照欲望的自己，有那么一丝骄傲。

我想，如果当时我要求太太配合我拍照，就算照片拍得再美，日后我看见照片，第一时间想到的只会是太太难受的样子，那样的照片好像并不美好。虽然这趟旅行只拍了十几张照片，但这十几张照片是十几天旅行中太太为数不多的笑容。

每每这样想，这6万多元的旅费好像也不是很亏了，这十几张照片便显得更弥足珍贵了。

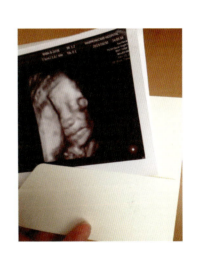

第一次和小家伙见面，是太太孕期八个月去做四维彩照的时候。

太太出发前一直叮嘱我，记得问医生是男孩儿还是女孩儿。我一边点头，一边琢磨怎么套医生的话。

宝宝出生前，医生是不允许向家属透露宝宝性别的。应该是怕有些重男轻女严重的家庭知道性别后，选择打胎。

我和太太都更希望是女孩，按我的话说，老大是女孩儿，老二再来个女孩。等我老了，出门时身边三个美女，想想就很幸福。每次我妄想症发作的时候，太太永远不忘泼我一盆冷水，她总会在一旁冷冷地说，你每天活在幻想里真的好吗？

诊室中，医生用小小的仪器在太太的肚皮上轻移，另一侧屏幕上显示着子宫内部的状态。

"看看看，这是腿。看看看，这是小手。很健康啊。这是头，鼻梁很高啊。"医生向我们耐心地讲解屏幕上的图像。

屏幕上显示头部的时候，小家伙的眼窝、鼻子、嘴巴，在屏幕上清晰可见，这是我第一次看到太太肚子中的小家伙。鼻子有点大，眼缝感觉很长，眼睛感觉也很大，还有一个尖尖的小嘴唇，那是我第一次开始觉得她是个活生生的小生命。

看得正认真时，太太在一旁戳我，提醒我问性别。沉浸在初次见面激动情绪中的我，努力平复了几秒后，问大夫："大夫，我想问下是男孩还是女孩？"

医生的回答果然很官方，她说这个我们可不能说。

我也没再追问，其实，见到它的那一刻，男孩女孩什么的，早已不重要了。

转身走出诊室的时候，医生忽然问我们，爸爸喜欢男孩还是女孩？

我说，当然是女孩！

医生说，那随了你的愿了。

于是那天回家的路上，我们便想好了她的名字——玉墨。

初次为人父、人母，我们是十分小心谨慎的。该花的钱一分也不敢少花，该学的知识生怕落下一点。生产前，报了医院的产前培训班，一支笔、一个本，一丝不苟地坐在教室中听医生讲孕期知识，比上学时还认真。

学习中，印象最深的是剖腹产和疼痛等级两个知识点。

讲到剖腹产时，医生在投影仪上放出了一张人体腹部的解剖图。

医生说：你们以为剖腹产就是一刀下去，把孩子取出来？

我告诉你们啊，剖腹产，一共要切七层，皮肤、皮下脂肪、腹前肌前鞘、腹直肌、腹膜、子宫浆膜层和子宫肌层，逐层分离切开。医生每讲到一层，投影幕上的照片也随之切换，血肉模糊的那种照片。教室里不时有人发出唏嘘的声音。待医生讲到最后一层的时候，可以明显感觉到房间里的准爸准妈们都松了一口气。

就在这时，老大夫又开口了。

"你们以为这就完事儿了？告诉你们啊！还要一层层地缝回去。所以都好好顺产！孩子还健康！"

虽然明知道，这血淋淋的故事是医院鼓励顺产的手段。但作为一个男人，了解了女人的生产过程后，发自内心地对每一个母亲多了几分敬意。

接下来，讲的是疼痛等级。老医生开门见山，首先便讲，女人分娩时的疼痛是满级十二级。所以大家来猜一猜骨折是多少级？再猜一猜手指被竹签扎是几级？我光是听到这些事儿，肉都有一丝疼。

随后投影幕上投影了一张表格。

第1级：蚊子叮咬。

第2级：打过麻药后动手术。

第3级：被人用手轻拍

第4级：父母恨铁不成钢地打骂。

第5级：用巴掌抽打，留下红色掌印。

第6级：不注意饮食引起的肠胃炎，肚子痛。

第7级：用棍棒打，留下黑紫色印记。

第8级：各种方式引起的大面积流血性外伤。

第9级：老虎凳、扎竹签、红烙铁等十大酷刑。

第10级：造成肢体残疾，如打仗中受伤被炸掉手指。

第11级：内脏痛，据说苏联特工发明了一种逼供法，把毛巾拧成螺旋状，让人吞下去，毛巾到胃部与胃壁绞在一起。

第12级：母亲分娩时的感觉。

　　看完表格的一刻，忽然觉得一个女人愿意为一个男人生孩子，一定是很爱很爱这个男人吧。我看向身边的太太，说了一声，辛苦了！

　　女人生产的时间长短，一直是个让我觉得成谜的问题。

　　身边的朋友，有些人进产房生几十个小时，还要再加隔天，最后还不得不剖宫产，有些人只要两三个小时就完事儿了。医生说，女人生产主要是依靠腹部肌肉和有序呼吸，在家可以多做平躺双脚绷直向上抬的运动，增加腹部力量。

　　因为太太人本就清瘦，偶尔低血糖，我一直担心她在产床上会体力不支，常催着她在家多锻炼，结果发现她连锻炼的机会都没有，她的腿一下也抬不起来。

　　转眼到了生产的日子，清晨产房前几个孕妇已在等候，有的坐着轮椅一脸憔悴，有的躺在床上输着液，只有太太手里拿着热腾腾的煎饼果子，一脸优哉。8点钟的时候，目送太太走进产房，我跑去办了些手续，11点的时候刚刚想坐下补充睡眠，被一个电话打断了。

　　电话另一边传来一句："宋梦雅的家属来产房等候。"
　　进产房陪产的时候，助产师和我讲："你太太真棒！一声都没吭。"

　　很小的时候，我思考过一个问题，人的审美到底是恒久不变的，还是在不断变化的？

　　如果审美会随着年龄、环境、心境不断变化，当对方不再符合我们审美的一天，我们还会喜欢她吗？常说要爱一个人一辈子，又真的可以发自内心

地爱一个人一辈子吗？当有一天，你爱的人，她不再年轻貌美长出了一身脂肪和满面皱纹时，我们还会真心诚意说出那句，我会爱你一辈子吗？

这样无聊的问题，倒也不是时常想起，但当我进入产房看到太太在产床上咬着牙，忍受痛苦的样子时，我忽然有了一个虽然并不唯一，却让自己无比信服的答案。

我想是可以的。

因为，她总有办法让我一次又一次地爱上她。

初见时，爱她清秀模样。

相恋时，爱她古灵精怪。

日久时，爱她明媚如初。

这一刻，爱上她坚强的样子。世界在无时无刻地变化，人也是，人心也是，但被自己视作光芒的人，只会越来越明亮。

2014年1月28日11点50分，随着哇的一声啼哭，玉墨来到了这个世界。

太太说她皱皱巴巴的像个小老头，在我眼中她却散发着光芒，像天使一样。也可能，她就是天使。

陪玉墨长大的日子，既煎熬又幸福。少了很多属于自己的时间，多了很多难得的人生体验。

那段时间里，时间被打得稀碎，不再有属于自己可以挥霍的大把时间。

不再有睡到自然醒的懒觉，于是有了更良好的作息规律。

不再有时间通宵游戏，电脑渐渐有了一层厚厚的灰，然后渐渐也不去打开电脑了。

家里的东西越来越多、越来越乱，会忍不住开始想要打扫，然后养成了定期打扫的好习惯。

为了这个小家伙的宝宝餐开始学习做饭，然后发现曾经的暴饮暴食竟是一种慢性自杀，于是开始疏远烧烤和辛辣，开始习惯蔬菜和早餐。

陪伴玉墨长大的日子，与其说是我们在陪她长大，不如说那是一段我们在一起成长的日子。

我们养育她，她也潜移默化地影响着我们。这样未曾有过的人生，让我明白了许多以前不曾理解的事情。比如，为什么父母总是可以一次又一次，毫无条件地原谅孩子的过错。看着玉墨，我仿佛看到父母眼中的自己，在每位父母眼中，孩子永远是那副蹒跚学步、咿呀学语时可爱的模样，似乎他们从未长大。

二十七岁 留书

二十七岁这一年，除了忙着和玉墨一起长大之外，还有一件令我不得不忙里偷忙的事情。

"您的故事好幸福，有兴趣出书吗？"

"有啊！"

"您可以加我微信。"

"好！"

这是我和栋青的第一次交谈。除了难以置信的惊喜外，更多的是临深履薄的提防。在当时我的认知里，能够出版书籍的人，一定都是站在各行各业里的顶尖人物。能够出一本属于自己的书，是我不曾做过的梦。

这一天突然有个人出现，轻描淡写地告诉我要把我的故事出成一本书，还要给我钱时，好似有个人突然冒出来，告诉我我中了5000万的彩票，一样难以置信。

和栋青几次简短的联系后，我们见面了。一见面，我就成了十万个为什么。

我问她：为什么选我？

她说：你们的故事很好啊。

我问她：好多人的爱情故事都很好吧？

她说：你拍的照片也很好啊，主要是你老婆也好。

我问她：可是我文笔不行啊。

她说：没关系，你先写。

我问她：那写什么呢？旅行？摄影？还是爱情？

她说：爱情中带着摄影的旅行。

我说：就是五彩斑斓的黑？

她说：嗯。

我问她：我不需要支付什么费用吗？

她说：不需要，我们还得给你版税呢。

我问她：版税有多少？

她说：大概每一万册可以拿到2万元钱。

我问她：可是我没名气，有人会买吗？

她说：你放心。

见面后没多久，收到了正式的合同，签合同的时候，我一字一句地仔细阅读了一遍，还是有点难以置信，生怕是遇见了什么诈骗团伙。

之后一年的时间，我一边忙着带孩子，一边抠抠索索地憋出了3万多字。交稿的时候，栋青惊讶于我没有拖稿。我很不好意思地说，文笔就这样了，尽力了。她说，已经比她想象中好多了。我听着也分不出她是安慰我，还是她已经破罐子破摔了。

两个月后，初印一万册上市，栋青寄了十本给我。我第一次知道，原来作者想要自己的书，也是需要自己花钱买的。

第一次拿到自己的书，像是拿到一个装满记忆的魔法盒，只需轻轻翻开，过往时光便历历在目。起初，我还有些在意销量和评论，但在拿到书的那一刻，一切都不再重要了。人生在世，能在世间留下一些痕迹，已经是极好了。

不过后来因为好奇，我还是抱着忐忑的心情去购书平台偷偷看评论。果不其然，很多人吐槽我的文笔。

后来我问栋青，这么差的文笔，没有让她们赔本吧？

她说，没有，还赚了。而且，没想到线下卖得比线上还好。

我好奇地问她，是不是现在书特别好卖？所以我才跟着沾了光？

她说，不是，很多出版社在北京开的分社都关门了。她接着说，不过虽然关门了，还是赚钱了。

我问为什么？

她说，因为当时开分社，买的房子都涨价了。

同一年，我跟着父母投资的房产也让我实现了财务自由。我在心里安慰自己，出版社都靠房地产盈利了，我这个靠倒腾房子发家的半吊子摄影师，文笔不好也一定不是什么丢人的事儿吧。

庆幸的是，也有很多人忽视了我蹩脚的文笔，读到了书中那份简单的幸福。

其间，有陆陆续续收到读者留言，虽然书上并没有印上我的联系方式，但还是被很多有心的读者找到。

有人留言说，向往我们简单幸福的爱情。

有人留言说，也想要成为摄影师。

有人留言说，也要和爱的人一起旅行，给她拍照。

我想这些都是对于我第一本书最好的肯定。而多年后，当我看到他们有的人真的成了拍照很棒的摄影师，有的人真的和自己的恋人走过十多个年头，有的人成了拥有上万粉丝的旅行博主。我第一次相信热情和爱都是可以传递的。

二十七岁这一年，我想对每一位读者说。

不要小看了自己的人生，每个人的人生都是一本独一无二的书。去寻找一件热爱的事情或许寻找一个深爱的人，然后坚持下去，让自己的人生开始发光发热，有一天，一定会收获一个意想不到的好结果。

二十八岁　一家人的旅行

二十八 岁

一 家 人 的 旅 行

　　玉墨一岁时，把她托付给母亲，我和太太去日本走了一圈。15天的旅行，因为怕玉墨听到我们的声音会哭闹，所以一直不敢打电话回家。直到第九天，母亲给我们打来电话，我还以为母亲哄不住玉墨了，小心翼翼地接起电话，电话一头传来她稚嫩的声音："妈妈。"

　　听到玉墨的声音的那一刻，太太一下子哭了，我心里也酸酸的。上学时的住校生活没有想过家，外出旅行好几个月没有想过家，在外地工作一年多也没有想过家，可偏偏，她的一声妈妈，让我百感交集。

　　那一瞬间，我忽然不再那么向往外出旅行的生活，我突然好想家。

　　后来，我和太太做了一个决定，以后出门旅行一定要带上玉墨。

二十八岁这一年开始，我们的旅行中开始有了玉墨越来越多的身影。

一岁时，带她去看大海。

两岁时，带她自驾旅行，走了小半个中国。

三岁时，带她去看樱花。

四岁时，带她去爬了雪山。

五岁时，我们一起去看极光。

开始了带娃旅行后，经常被人问，带这么小的孩子出去旅行真的有意义吗？我想无论是从主观角度讲还是客观角度讲，带孩子旅行这件事，都是非常有意义的。

听过一个故事，一个智力有缺陷的宝宝，通过父亲长期不懈的努力，使宝宝智力接近正常人的故事。其方法就是，用新鲜事物刺激宝宝感官，并加强对已知事物的认知。宝宝一岁的时候，医生也会建议家长，给他们看各种图形卡片，促进智力发育。人的大脑就像一棵开枝散叶的树，你越刺激它，它成长得越茁壮，尤其是在它小的时候。而在我看到玉墨和我们去大连旅行，第一次看到大海和绚烂的烟花，所流露出从未有过的兴奋表情时。我就知道，这故事没骗人。

所以从客观角度讲，带孩子旅行，去听、去看、去感受、去接触新鲜事物，是可以促进孩子智力发育的。

从主观角度讲，孩子又能留在我们身边几年？

6岁上了学，每天忙着学习。

13、14岁有了自己的朋友圈，连话都少了。

17、18岁上了大学，往近了说要在学校住宿，往中间说可能去外地读书，往远了说出国留学，面都见不上几次了。

20多岁时，若她要留在其他城市或国家发展，可能一年都见不上一次了。可人生又有几个一年呢？

我们正在渐渐老去，未来有许多不可预料。还有什么理由，不趁着当下，让自己多陪陪她，也让她多陪陪自己。

二十八岁这一年，我总口是心非地说着带她旅行是想让她看看世界，其实我只是满怀私心地想要多留些和她一起的回忆。

二十九岁　在所有的风景里

二十九

岁

在 所 有 的 风 景 里

二十九岁这一年，玉墨三岁，我们生活的重心开始从她身上有所偏移。生活渐渐回到原轨，旅行也渐渐回到生活中来。

在几次国内的自驾旅行之后，我们对带娃旅行的状态有了初步了解。这一年我们大着胆子把旅行脚步迈向了国外，但鉴于是第一次带娃出国，我们没有把脚迈得太远，选择了日本。

出发前我们像往常一样做准备。平时旅行的准备工作，我和太太是分工明确的，我负责准备行程安排、酒店预订、拍照用的设备和道具、太太旅行时穿的衣服等，太太一般情况只负责两件事，一件是貌美如花，另一件是把乱七八糟的行李放进行李箱。这样的旅行分工到今年已经是第十年了，太太早已轻车熟路。可这一次出发前，她却因为要不要带婴儿车、要带哪个婴儿车、要准备多少奶粉的问题来来回回找我商量了好多次。

看得出，第一次带玉墨出国旅行，她有一点小紧张。

日本的一年四季都很鲜明，春有繁花飘散、秋有漫山枫红、冬有晴空飞雪，连四季中最平平无奇的夏，也被人为安排上了绚烂的烟花。

　　三月末的时候，日本的樱花会陆陆续续地由南向北，由东向西开放，到了四月初即是樱花盛放的时节。之后的一个多星期，微凉的春风会轻抚着压满枝头的花瓣四散飘落，好似艳阳天里飘起了雪，浪漫极了。

　　飞机降落在东京。我们在机场和铁路枢纽交会的地方，兑换好周游券、充值好西瓜卡，乘上了去往东京市内的列车。一路上景色依旧，白色的小屋，公园中的滑梯和沙堆，错落有致的铁轨，还有随处可见盛放的樱花树。

　　虽然已经是第三次在樱花季来日本，但每次来都还会在心里嘀咕一下樱花的开放状况。记得第一次来的时候，并不知道西部的花期要比东部晚，结果到了大阪发现樱花都还未开放。第二次来的时候，东部沿海地区刮台风，整个四月，樱树的枝头都被台风吹得空荡荡的。列车上，看到艳阳下盛开的樱树，我长长地舒了口气。

　　四月的日本有很多被人们口耳相传的赏樱胜地。说是胜地，其实只是当地比较大的公园，因为公园中的樱花树相对更密集、更繁茂，去的人越来越多，名声越来越大，渐渐地被人们称为赏樱胜地。

不过名声大了，往往人就多了。这些赏樱胜地，每天不仅有慕名而来的外国游客，还有数不尽的当地人来踏青，当地人喜欢聚在樱树下，铺上一张野餐布，把每个人带的食物没有规则地摆在一起，然后侃侃而谈。

每棵樱树下都聚了人，每群人都兴高采烈的样子，那景色热闹极了。若是凑凑热闹，相信也是件极有趣的事情。不过对于一心想要用相机记录太太和春天的我而言，则有些杂乱了。摄影，在大部分时候，仍是做减法，人太多了，是很难拍出好照片的。

记得第一次来时，我和太太特意起了大早去新宿御苑。在看到黑压压的人群和一辆辆不断下人的旅行巴士后，我们果断地转身离开了。那个时候，旅行对我们而言，早已不是打卡拍照的到此一游。

这一次，也是如此。来到东京，我们没有在人多的地方多做停留。而是像当地小夫妻，在周末带着孩子出门享受假期，每一天带着玉墨在城市中漫无目的地闲逛。不需要早起，也不在意几点会天黑。没有当天一定要去的地方，也不用考虑第二天有什么安排。

遇到盛开的樱花，停下来留影。

碰上有趣的小店，走进去逛逛。

路过了有滑梯的公园，就陪玉墨玩上一整个下午。

饿了的时候，再往前几步，总能遇见一家可口的拉面店。

渴了的时候，在路的转角，总能找到一家24小时的便利店。

在东京的几天，我们把时间抛在一边，尽情地享受着当下。

傍晚，天空下起了细雨，路面被雨水打湿，反射着街边路灯的霓虹，路上有疾驰而过的车辆，路边玉墨在婴儿车里睡着，太太推着她，我在一旁给太太撑着伞，走在回酒店的路上。这画面让人联想起某部偶像剧，男主和女主从校园相恋到婚姻生活，再到牵着孩子的手一起走在回家的路上。在东京，总是可以不经意间就路过了某部偶像剧的拍摄地，然后一不小心就上演了一段剧中的情节。

结束了东京几天闲散的日子，前往名古屋，继续我们闲散的旅行。从东京到京都很方便，舒适的列车让4个多小时的车程不觉得漫长。不过因为玉墨，我还是决定把4个多小时的车程拆成两半，先从东京到名古屋稍作停留，再从名古屋出发去大阪。

我们于正午抵达了名古屋。

进了酒店，太太说有些饿，泡了一碗泡面，我闻着香，也泡了一碗。玉墨看我们两个吃，一副又馋又可怜的样子。

我问太太，要不然给她吃一口吧？
太太点头同意，从自己碗里夹了两三根给她。
玉墨兴奋地端着碗，小心翼翼地吸了一根，满脸幸福地说，好好吃！

看着玉墨，不禁想起自己六七岁的时候，哪怕母亲的厨艺再好，其实最馋的还是那口红烧牛肉味的方便面。有时候也会想，我们是不是把玉墨保护得太严密了，连方便面中的一点添加剂都怕会伤害到她。

想到这里，便和太太商量，让她吃吧，出来玩放松点儿，别老管着她。

太太虽然给了我一个大大的白眼，但还是同意了。

玉墨却说："我不吃了！我就尝尝！我知道这面条不健康。"

她小大人般的口气，一下子把我和太太逗笑了。笑着笑着，不由得感慨，原来我们的女儿已经开始会讲一些道理了。

我说，吃吧吃吧，没事的。她明显也还是想吃，便没再推脱。

于是，3000多元一天的高级酒店房间里，我们一家人围在一个小桌前一脸幸福地吃着5元一碗的泡面，成了我在名古屋最有趣的回忆。

吃完面就要出门了，临出门前太太说："泡面的碗不要留在房间，味道太大。"

我端着面碗出了门，这一端却端了好几公里。日本的街面上是不设置垃圾桶的。原因有很多，例如为了避免垃圾桶盛放危险物品、节省环卫工人的开销、倡导大家节约资源等。当地人都会把垃圾扔在家中，出门的时候则随身携带装垃圾的口袋。

此时找不到垃圾桶的我只能一直端着醒目的红色面碗穿街过巷。大街上我一肩扛着相机，一手端着面桶的样子，引得路过行人纷纷侧目，而太太早已在一旁笑得直不起腰了。

玉墨回头看到，一脸好奇地问，爸爸你怎么还没有扔？

我说，因为没有垃圾桶。

玉墨问，那你就一直举着吗？

我说，当然啦，不然我也不能随便乱扔啊。

玉墨说，那我坐在车上，我帮你拿一会儿。

突然有点小小感动，让她好好坐好。

几天后，我带着玉墨在人满为患的电器城里开扭蛋，旁边一个日本小朋友，把拆完的塑料口袋扔在了地上。没想到的是，玉墨走过去，捡起了地上的包装袋。

我问她，为什么捡垃圾。

她说，她在进来的时候看到了垃圾桶。然后反问我，你不是说垃圾不能随便乱扔吗？我被她问得一时语塞，冲着三岁的她竖起大拇指。

忽然发现，父母是孩子最好的老师这句话，原来并不是单向的，孩子因为父母的教育变得更加优秀的同时，父母也因为孩子更加以身作则，周而复始，循环往复。

天色渐暗，回酒店的路上，偶遇了一大片樱花，还有很少见的白色鸟居。我催着太太赶紧站到景色中，借着日落前最后的一点余晖拍摄。

一边拍，一边夸赞着，太美了。不是在夸我的照片，是夸景色里的太太。许多年过去了，在我眼中，她依然美丽。

一阵风吹过，花瓣四散飘落。我被迎面而来的风和花，吹得有些睁不开眼。太太忽然对着我说："你好漂亮！"要知道在多年的相处中，她的人物性格可一直是一个吐槽技能满分、以恶搞我为乐趣的腹黑女友，再加上我最近发黑又发胖的形象，她突然的一句夸奖，让我瞬间不知所措。

幸好我有些自知之明，小小的欣喜过后，赶紧收起了自己那点儿小小的

得意。

　　漂亮的又哪里是我，分明是漫天飞舞的樱花。灰白色的鸟居略显神圣，侧逆的阳光让景色更有层次，被风吹落飘散的樱花似雪一般。整个画面一片纯净，任谁站在其中，都会更添姿色。

　　晚餐过后，回到酒店时，已经是晚上9点了。一天的疲惫，让我有些怀念酒店舒适的大床，正想一股脑冲进酒店时，被太太喊住了，她说你看那边好热闹！我们便寻着热闹与酒店楼下小河边的夜市不期而遇了。

　　夜市是沿着河流布置的，几百米的河道两侧有很多居酒屋，居酒屋外的路边有各式各样的地摊儿，吃的、玩的、小酒，还有年轻人在卖一些自己制作的小物件。夜市里都是当地人，三五成群地喝着小酒聊着天，聊开心了还会唱上两句。

　　记得当时河对岸的小酒吧，吉他响起，歌手开始演唱，慢慢地就有人随声附和，开始是岸的一边在唱，渐渐河对岸的人也加入进来，没一会儿整个夜市都回

荡在了歌声中。

我说，这是音乐会吧？

太太说，这是会唱歌的夜市。

世界上有些地方，一定要用合适的方式才能遇见它最好的模样。

在海边，睡懒觉等日落，把懒散的情绪放大到极致，才能了解大海的治愈和阳光的明媚。在沙漠，熬最深的夜，等最明亮的星空，才能感受沙漠的凄凉与星河的璀璨。在古镇，起个大早，看它最空荡的样子，才能瞥见古镇的静谧和往昔的古朴。

京都这座城市，也只有住在铺满榻榻米的和式老房中或穿一身素雅的和服漫步在寺庙神社的樱树之下，才能融入这座城市的百年岁月之中。

这次京都旅行的住宿，我是特意花了心思的。阳光要通透、吃饭要方便、离交通枢纽要近、房子里一定要有榻榻米，最好还有庭院，要一整栋不要合住模式，价格在3000元以内。我找了好久，终于在鸭川边找到了这栋上下两层，最多能住12人200多平方米的老房子。为了住上它，我调整了好几次行程安排。

下午4点的时候，我们抵达了这栋房子。打开门看到它的第一眼，我就知道它一定能拍出我想要照片。

收拾好行李，我们开始参观房间，然后选择一间用来睡觉。房子二层有一个顶高3米多阳光满溢的房间，太太一眼就相中了它。将房间的榻榻米上铺上1.8×2米的床垫，刚刚好摆下三个，整个房间的地面就变成了一整张大床。这可开心坏了玉墨，在房间里又蹦又跳。我正要说这是用来睡觉的，不要到处踩，结果另一边，太太也跟着玉墨在房间里玩了起来。

我苦笑，有时候真觉得是带了两个女儿出门。

旅行也不都是在路上的。在京都的第二天，我们的旅行是宅在房间里拍一整天的照片。

清晨被楼下的敲门声叫醒，迷迷糊糊打开门是一对面露难色的陌生男女，男孩举起手中的塑料袋正要向我说明来意。我扑哧一下笑了，想起几天前在大街上因为找不到垃圾桶，端着泡面碗的自己，心领神会地接过了他手中的塑料袋。

男孩发现我是中国人后便多聊了两句，他说，他还以为这里是一家餐厅才敲门想扔一下垃圾。我环顾四周，发现好像这里曾经真的是一家餐厅。

于是很入戏地对他说："嗯，我是今天的老板。"

一直以来都很喜欢拍有故事的照片。而拍摄有故事的照片，常常需要拍摄者设身处地进行想象，再结合自己的审美进行创作。我今天要拍的照片是老板娘和她懂事的小女儿宅在家中的一天。

早上起床两个人在充满阳光的房间里的枕头大战，太太温柔地给玉墨梳头的样子。太太忙碌着做饭，玉墨帮忙端盘子、洗碗的场景。还有两个人一起刷牙，一起入睡。拍照的过程，我一边在脑海中想象着母亲与孩子之间最温馨画面，一边用相机抓取稍纵即逝的瞬间。

拍孩子，真的不是一件轻松事，让孩子静止会特别僵硬，让她运动起来又像撒了欢的兔子，百分之一秒都追不上。所以拍照时，玉墨的任务是认真地玩，太太的任务是认真地陪玉墨玩。

看着相机里的照片，我对太太说，房费没白花。

玉墨插话说，她也挺喜欢这个房子。

我问她，喜欢哪里？

她说，这房子有楼梯，还可以枕头大战。

我说，咱们家房子也有楼梯啊。

她说，但是你们不陪我玩。

一时间，有一丝丝心酸和自责涌上心头。玉墨很少抱怨我们不陪她，因为我们总有很多理由拒绝陪她。最常用的理由之一是爸爸要工作了，不工作没有钱给你买玩具。

现在看，真是一句彻头彻尾的谎话，每次用这个理由拒绝她，我都没有立刻去工作，而是在厕所里又刷上一个小时的手机。而所谓工作，对我而言其实也没那么重要，我只是单纯不想陪她玩我认为极其幼稚的游戏。

这一天，我忽然有些庆幸，庆幸我发现了一个我们一家三口都觉得有意思的事情，在满足自己需求的同时，给了她更多陪伴。

想对玉墨说："爸爸我也是第一次做爸爸，偶尔也会想要多一些自己的空间和时间。我知道，满足自己需求顺便陪你的我，依然很自私。但我想向你保证，我会越来越认真地陪你长大。"

夜晚，按下了一天中最后一次快门。太太在玉墨身边睡了，玉墨睁着大眼睛看我，那一刻忽然好不舍得她长大。

京都旅行的第三天，迎着晴空，我们出门了。

如果说东京展现给游人的是如今日本活力充沛的一面，那京都所展现给游人的则是古香古色、过去的日本。

在这座城市中，有1000余座寺庙，200余座神社，它们有的极具盛名，有的则名不见经传。但无论是哪一个，都不需要刻意去寻找，花一些时间，选一个方向，由南到北或是由东向西漫步一天，便总能和这些大大小小、出名或是不出名的景色相遇，然后惊喜于它们所带来的精致。

在京都剩下的几天里，我们用脚步一点点感受着这座古都。

哪怕是已经来了三次，这座古都也依然让我和太太兴致盎然。三年坂和二年

石田秀哉・善彦・久人

薮本竹次郎　剛宏

寿郎　保代

康嗣

名古屋岬工業㈱

工業㈱

代表取締役　藍谷徳正

東京都渋谷区本町一ノ四十五

中津川市千旦林一五三七ー一六

北九州市小倉北区井堀二ー八ー二二

東京柔道衣工業株式会社

坂的街上依然人满为患，但琳琅满目的小店也依然让太太乐此不疲。太太会去看看有没有新的小玩意儿，然后再看看当年自己买过的小玩意儿，有没有什么价格浮动。若是降价了她会嘟着嘴，微微皱眉。若是涨价了，她会兴高采烈地说，赚了赚了！

我们又去了伏见稻荷大社。

千本鸟居，每次来都因为过往行人太多的原因，而没有拍到一张满意的作品。意想不到的是，这次倒是因为带了玉墨，拍摄异常顺利。我让玉墨站在我身后，太太在我身前七八米的位置，正要开始拍摄，忽然有人从身后拍我，问我能和玉墨合影吗？

我说可以。待她们拍完，我继续转过身要拍太太，又有人拍我，询问能否和玉墨合影。就这样，来来去去找玉墨合影的人越来越多，竟然把人流拦在了身后，有的是求合影，有的是看人扎了堆，停下看热闹。

我和太太玩笑着说，玉墨成了千本鸟居下炙手可热的拍摄道具。

我抓住机会，趁着四下无人赶忙拍下了一张满意照片。太太吐槽我，别人都拉着你闺女拍照，就你不爱拍她。我说，没办法，她和她老妈相比，我还是更喜欢她老妈。

傍晚的时候，路过了八坂神社，上一次来时是从它的西门进南门离开，又因为是白天，整个神社感觉平平无奇。那之后有朋友咨询我说，八坂神社要不要去，我都说感觉没什么意思。这一次从南门进西门出之后，我回北京请这些朋友一人吃了一顿饭，感觉害他们错过了难得的景色。

　　八坂神社的西门正对着祇园的街，祇园街的尽头则刚刚好可以看到日落。站在八坂神社比马路高了几级的台阶上，向西看，是繁华与静谧交织的祇园。

　　日落是很快的，在神社里逛上一圈，再回到门口，原本满是夕阳余晖的天边，挂上了深蓝色的夜幕，太太刚刚走到神社的正门，两侧本是照射大门的射灯光线，好巧不巧地在太太身上照出了一圈轮廓光。我叫住她，她回身看我，便有了一幅说不清是景美还是人美的画面。

　　赶紧支上了三脚架，把快门放慢，让行人和车流被虚化，只留太太清晰的身影和好看的侧颜。

　　故地重游之外，也有很多新的相遇，落花流水的哲学之道，满园春色的平野

神社，山野幽居的琉璃光院，诗情画意的蹴上铁路，还有后来我逢人必推荐的冈崎神社。

冈崎神社在平安神宫西北侧百米，东侧是哲学之道，东南侧是京都动物园和蹴上铁路。在去往这些较有名气的地方时，不经意地发现了它。高高大大的白色鸟居展露于路边，只有穿过鸟居，向内百米才能窥见神社的主社。

我和太太没有任何宗教信仰，所以我逛神社更多的时候是观赏其中的建筑和景色，太太的乐趣则是收集不同神社的神签。在日本每个神社都有主题，有的是求学、有的是求安康、有的是求爱情，不同主题的神社，放置神签的器物也各不相同，比如天满宫的神签是十二生肖的样子，平野神社是樱花的折纸，各具特色，恰恰合了太太的兴趣。

冈崎神社又叫兔子神社，兔子有多产的特征，所以冈崎神社多是祈祷安产和生子的地方，这里的神签则是小兔子的造型。

两个颜色，太太买了两只白色说是我和她的，一只粉色说是玉墨。然后揭开兔子底部的贴纸，可以拿到神签，若是吉兆，便可以把小兔子带回家。若是凶兆，便把小兔子留在神社，让它帮自己逢凶化吉。

很幸运，三只兔子都跟着太太回了家。

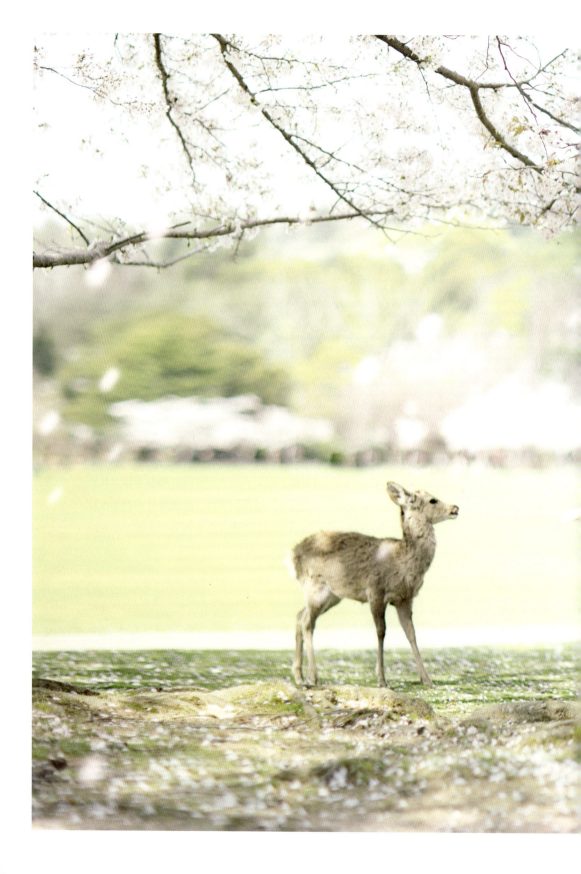

　　离开京都，去了奈良。

　　第一次去奈良时，没有住下，清晨匆匆地来，傍晚匆匆地离开。离开时忙着找路、忙着查地图、忙着看车次、忙着想晚上吃些什么，忙来忙去的只记住了奈良的小鹿和自己匆匆的脚步，等终于可以安稳地坐下，对这座城市的不舍才慢慢溢出心间。

　　我有点后悔地说，还是应该住一个晚上的，不应该当天往返。自此奈良在我心里成了一座要放慢时光才能感受其岁月静好的城市。这一次为弥补第一次的遗憾，我留了三天时间在奈良。

　　若是第一次来奈良，总能让人联想一些其他地方。记得我第一次来时，我问太太，有没有觉得，奈良和乌镇还有鼓浪屿很像，有一种世外桃源的感觉。

太太说，嗯，有点。

乌镇是在经过喧闹的停车场后，乘着木船渡一条河，进到静谧的古镇。鼓浪屿是从繁华喧闹、高楼林立的快节奏城市，到一个可以让时间都放慢脚步的小岛。一个是从闹到静，一个是从快到慢，都无须消耗过多的时间，便从一种环境去到了截然不同的另一种环境中，这样不消耗时间的环境转换，像是穿过了一道传送门，进到了一处与世隔绝的秘境。

奈良，也是如此，不经意间走至商店街的尽头，穿过高大的鸟居，三五成群的小鹿如若无人地向你走来，那一刻仿佛是从人类的世界走进了小鹿的秘境。

在奈良的三天时间里，日子过得不尽相同。每天11点钟起床，在酒店用餐，推着婴儿车向奈良公园出发，去的时候走路的右侧，回的时候走路的左侧。有一家很有趣的小店，一直没有开门，太太和玉墨便每天趴在人家的橱窗往里看。行至商店街的尽头，有一个小小的神社，神社前常有一只睡懒觉的猫咪，太太每天路过都会喂它。继续向前，有一棵开得茂盛的歪脖子樱树，好多人在下面合影，我每次也会拉着太太驻足拍照，不过每次都不尽如人意，好几年了，一直觉得它看着好美，但就是没有拍出满意的照片。

最后穿过鸟居，便来到了小鹿的世界。

奈良并不大，不看地图沿着路胡乱地走，也不用担心迷路，相反有的时候还会遇到一些意料之外的景色。不过无论怎么走，我们都会在阳光充足的时候，走到公园最空旷的一片空地，找一处樱花下的长椅，坐上好久。

不尽相同的日子并不无趣。本想着第一天就完成太太的拍摄计划，第二天认真拍玉墨。结果没想到，因为太太的服装，每天拍出了风格截然不同的照片。再加上光线、角度、和小鹿配合程度的不同，每天我都能收获好多忍不住想要发朋友圈的美照，越拍越上瘾。

最后还是太太受不了我，鼓着腮帮子皱着眉头对我说："你到底是来拍照的！还是陪你闺女出来玩的！游戏白让你充钱了吗！两天了！才拍了几张我闺女的照片！"

我赶紧灰溜溜地跑出去给玉墨拍照。这个时候的太太，早已是女儿的脑残粉。

给太太拍照的时候，玉墨在一旁的空地上疯跑。跑啊、跑啊、跑啊，这个年龄的孩子总是有释放不完的迷之精力。跑了一整天，依然活力满满。

回家的路上我们大手牵小手并排走，我问玉墨，今天开心吗？

她说，开心。

我问她，你就光跑了，有什么好开心的？

她说，就是很开心。说得真切极了，好像快乐本来就该是一件没什么原因、简单至极的事情。

忽然有些羡慕她，随着一天天长大，我们好像越来越不容易快乐了，虚荣、攀比、嫉妒、成就，仿佛只有在得到这些的一瞬间才能使我们得到短暂的快乐。幸福感越来越稀薄，对事物的感知越来越麻木，我们都得了一种叫长大的病。

幸好这病症并不是无药可医。和孩子待在一起，大概是治疗不快乐最有效的方法，和她们一起玩闹的时间里，仿佛自己也成了孩子。

奈良的午后，我们陪着玉墨一起疯跑，一起收集地上的花瓣，一起捡好看的石头。有时玉墨追着太太跑，我就会闪到一边偷偷给她们拍照，那个时候的她们笑得最真实、最灿烂。有时她发现了我，就会跑到我身边，大喊着告诉太太，爸爸又在偷拍咱们。

然后在我耳边说，爸爸，等我长大你可以教我拍照吗？

我说，当然可以。

她说，那我要快点长大。

我说，还是慢一点好。

她问，为什么。

我告诉她，等你长大了就明白了。

在二十九岁的人的心里，长大是一件多么好，又多么不好的事情啊。可我知道，那些长大后的不美好，也只有等她长大后才能有所体会。

都说旅行会遇到形形色色的人，在奈良旅行能不能遇到形形色色的人我不清楚，但一定可以遇到形形色色的鹿。玉墨第一次喂鹿，满心欢喜、兴高采烈，可可爱爱地说：小鹿！来！喂你吃饼！

然后被小鹿拱倒在了地上，手里的饼也被抢了。

她委屈地说，妈妈，它太凶了！

后来我们在东大寺门口遇上了一只老鹿，它静静地趴着，不争不抢。好多人上前合影，合影后会给它吃的，若给了它吃的，再和它合影，它还会笑。

太太说：这寺庙门口的鹿都成精了，坐在这里一口也不少吃，比那些抢食物的傻鹿强多了！

　　傍晚的时候，我们上了若草山，海拔200米的山，有南、北两条上山的路。北侧，路陡，有樱花盛开。南侧，路缓，有小鹿相伴。

　　山顶的人并不多，但不多的人中，却都出双入对，都是特意来此观赏日落的情侣，他们坐在长椅上，相互依偎。整个山顶浓情蜜意，有爱情的清甜味，让人不禁联想这里的日落是不是一场浪漫仪式，只要一起见证这一场日落便可以长相厮守一起看一辈子日落似的。

　　我虽然并不是注重形式的浪漫主义者，倒是格外喜欢这番景象。傍晚山风虽凉，我心舒畅。此时入乡随俗，我也把头靠在了太太肩上，相信只要看过这一场日落，就可以一起看一辈子日落。

　　奈良的旅行，伴着若草山的日落，落下帷幕。

这个春天的最后一站，是大阪。

带玉墨去了水族馆，买了盖印章的本，每到一处便盖上一个印章。她很认真地在馆内寻找盖章的地点，每次盖完都举起她的小本向我和太太展示。似曾相识的情景，只不过上一次这情景里的人物还是太太。

后来去水族馆旁边的动物体验馆，和豚鼠、羊驼、猫咪亲密接触，玉墨大概是因为前不久刚刚被小鹿打劫过，在体验馆里看到比她还高的羊驼有些害怕。太太倒是越玩越开心，撸猫、撸狗、撸羊驼。那时真的怀疑，到底谁才是个孩子。

晚餐，坐在肯德基，我问太太吃什么？
她说，来两份快乐儿童餐。
然后我买了快乐儿童餐里的全套玩具。

夜晚，我们在摩天轮上俯览城市夜景。
太太问玉墨，想家了吗？
玉墨说，有一点。
太太说，明天就回家了。
我长舒一口气，终于要回家了！

每一次旅行都让我欣喜，每一次归家都让我心安。
在朝九晚五的生活中扑腾久了，心里便尽是诗和远方。在无拘无束的旅行中折腾久了，也会想念生活的恬淡和惬意。

　　早早就成家的人，终归是不能在外飘荡太久的。

　　外出久了，就会想家。一想家，餐厅里再美味的料理，都变得不及家中的一碗清粥。路上再美的景色，也不及回家的路。

　　至此，二十九岁的春天。

　　晴空
　　樱花
　　老宅
　　秋千
　　鸟居
　　和服
　　抹茶
　　拉面

　　小小的玉墨，孩子般的太太。
　　还有那些不期而遇和如约而至的种种，组成了人生最浪漫的春天。

夏

想过一定会和太太再一次来到三亚，却不曾想再次来，已经是十余年后了。

和人生中其他阶段的十年不同，十八岁到二十九的十年是人生变化最多的十年。它不同于十岁到二十岁的十年，任时光荏苒，少年仍是少年。十八岁到二十八岁的十年，少年不再是少年，他已是爱人的丈夫、孩子的父亲。

十年后，当我们再一次降落在三亚机场，看到十多年未曾变化的扶梯和行李转台时，我的脑中好似按下了倒带按钮，十余年的种种在脑海转瞬而过。

二十九岁的夏天注定充满了回忆，这个夏天我们最常说的一句话就是，想想那个时候……

想想那个时候连一张她的照片都没有，现在已经满满一盒子的照片。

想想那个时候住酒店还要精打细算。

想想那个时候还是两个人，现在孩子都这么大了。

太太说，想想那个时候你拍得乱七八糟的照片也还挺好的。

想想那个时候吃个水果有点不舍得，这次一定要吃个够。

想想那个时候没生孩子，头发还很多。

故地重游，我们感慨良多。不过好在，许多年过去后，我还是很喜欢给她拍照、还是会看到一处好的风景后连忙唤她名字、还是会在钱夹里放她的照片、还是想把最好的都买给她。

而她也还是那样，还是不喜欢拍照、还是什么都嫌贵、还是静静地跟在我身后。

这一年夏天，时光荏苒，岁月静好。

秋

　　这一年的九月去了大西北，一个月的时间自驾了一万多公里。长途的奔波，让人格外想念宅在家中打游戏、睡懒觉的闲散日子。于是在结束了九月的旅行后，给自己安排了一个足不出户的十月。可等真的到了十月，就又后悔了。

　　秋意渐浓的日子里，远行的心情也随之越来越强烈。那段日子每每路过一棵银杏树，都不免和太太唠叨一句，好想去拍秋天，好后悔没有订机票。起初太太默默听我唠叨，后来听多了，便会忍不住怼我两句。她说，怎么着？北京的秋天不是秋天吗？故宫里的银杏拍不出照片吗？你准备好相机，明天就带我闺女拍照去！

　　北京的秋天自然是很美的。

　　这座庞大的城市，原本就是国内外旅行的热门地。秋天的它，更是少了几分喧嚣，多了几分静好。让人们纷至沓来。可人们纷至沓来的地方，我却怎么也提不起兴致。至于原因，大概是因为少了一张机票或是数小时的驾车，所以少了些仪式感，总之只要地图上还是显示着在北京界内，无论多么有趣的地方，都很难让我有背上相机去拍摄的欲望。

　　细细想来，用相机记录旅行的十几年里，我还从未给这个我生活了20多年的地方，认真拍下过一张照片。于是这一年的秋天，假装在太太胁迫下，郑重其事地背上了相机包，去拍了拍我的家乡。

　　然后在去过了城北的水镇、城南的公园、城西的森林、城东的书屋和城正中的

宫廷后，我发现，人，总是因为喜欢眺望远处的风景，而忽略了许多身边的景色。

相比不断地追逐远方的美好，或许善于发现身边的美好会让我们更容易收获幸福。

　　这个秋天我最大收获，是因为没有远行而看到了许多身边的平日里被忽视的美好。

　　忘了从何时开始，北方的十二月就不那么敞亮了。

　　一个月里有十多天，天色都是灰蒙蒙的。天气预报除了播报下雪和下雨之外，还开始提示大家雾霾的轻重情况，以及温馨提醒重度雾霾不宜出门、出门请佩戴口罩等。

　　这一年的冬天，玉墨毫无征兆地开始咳嗽，是那种半夜都会咳醒，咳醒就很难入睡的情况。

　　去医院看，医生说是空气质量引起的气管炎和咽炎。
　　我问怎么办。
　　医生说，需要慢慢调理。

　　换作常人，医生说慢慢调理，也就是慢慢调理了。但为人父母的我们听来，医生说慢慢调理，就好像是给玉墨的病判了无期一样。父母总是会放大发生在自己孩子身上的不幸，我们也毫无例外。

　　这一年冬天的每个夜晚，玉墨的每一声咳嗽，都像是震耳的响铃，让我无法安眠。

　　我心疼她，也责怪自己。
　　我好几次问太太，是不是不应该不管不顾孩子的健康问题?
　　问她，要不要离开北京，换个好山好水的地方生活?
　　问她，需不需要再多看几家医院。

太太淡定地说，我看你该去看看心理医生。

于是我思前想后，做出了一个临时决定，逃离雾霾，去旅行。

十一月，我开始挑选旅行目的地。

玉墨说，爸爸，今年是不是又不下雪了？

我说，不知道。

她说，我想堆雪人。

听到她的话，我毫不犹豫地关掉了海岛游的预订界面，订下了飞往雪国的机票。

鉴于知识有限，在我心里称得上是雪国的地方并不多。大东北的村庄、瑞士雪山下的小镇、北海道的度假村是我脑海中最先浮现的几个选择，一轮筛选过后，因为东北太冷了，瑞士太远了，我选择了北海道。

下单，出票。

还未有北方冬天本该有的寒与冷，却已是一幅白雪皑皑、银装素裹的景色。于是这一趟旅行中的雪、夜、阳光，还有她，构成了我印象中最温暖的冬天。

在札幌降落，匆匆地乘上了去往小樽的列车。车上人不多，车厢很空，车程200多公里，大概需要50分钟抵达。这么适合睡觉的环境和时长，按照平时，我一定会靠在栏杆上昏昏而睡了。但这次我却越发兴奋，这是我第一次发现原来与大海相连的不仅仅是沙滩，还可以是铁轨。

纯白的雪和壮阔的海相连接，若是个风平浪静的日子，我会以为是一片湖泊，并不稀奇。偏偏这一天风吹得大海波涛汹涌，时时刻刻提醒着我，眼前是一片壮阔的海。配上鹅毛大雪，伴着列车沿着轨道前行的声音，像是一场音乐会的三重奏，眼前的景色仿佛有了生命。北海道用它最具魅力的景色以及最独特的方式，欢迎着每一位旅人的到来。

面对此情此景，一边感叹大自然的壮美，一边向着窗外道了一声，你好，北海道。

小樽是我们北海道旅行的第一站。

十二月的北海道，傍晚六点，太阳便已不见了踪影。

列车在小樽站缓缓停靠，下车的时候，天色呈现出入夜前的湛蓝色，站台路灯发散着暖色的光线，一冷一暖的两个颜色刚好形成了格外好看的色彩对比。天空中有雪花飘散，从灯光下飘过的雪花，在光线的照耀下一片一片的清晰可见，它们在空无一人的站台缓缓落下。

　　童话故事里总有一个雪国，雪国中都有一个车站，小樽车站让人仿佛走进了故事中。小樽就这样静静地从我们走下列车的那一刻开始，向我们展示它充满童话色彩的一面。

　　清晨的小樽，洁白、纯净。
　　正午的时候出门，冰雪未有一丝消融的痕迹。穿过一条条街道，每一条街都布满了厚厚的、干净的积雪。

　　厚得有玉墨半身之高，于是玉墨说："爸爸，这是雪山吗？"
　　干净得不见一个脚印，于是我们小心翼翼地在街的尽头拍照，生怕破坏了这有意留之的纯净。

　　正午的时候，来到小樽运河，然后一路向东，向着童话的路口行走。

　　路上太太说，终于看到人了。
　　我和她说，她应该说都到了必打卡的地方了，才这么几个人。

　　虽然并没有见过小樽平日里的样子，但可以肯定的是，十二月的小樽是一座安静的城市。没有密集的游客，没有堵塞的交通，也没有需要排队的餐厅，那些拍照很好看的地方和网络上被经常提及的美食和餐厅，安安静静的不见一丝热闹，害得我一度怀疑，是不是走错了路。

　　我们一边逛，一边拍照。

太太说，自己还是第一次在满是积雪的街道上逛小店，好新鲜。

我跟在她身后，一次次嘱咐着，慢一点，别摔了。

在小樽，最具特色的两种商品是玻璃制品和八音盒。路上可以看到很多门店前挂着硝子馆的招牌，例如，大正硝子馆、北一硝子等。

硝子在日语中即是玻璃的意思，所以硝子馆即是玻璃店的意思。店里的玻璃制品主要以水杯、八音盒、玻璃装饰品为主。

我和太太说，这些东西，好像某网购平台上都有。

太太说，嗯，而且还比这里便宜。

可即便这样，我们一路逛下来，手里还是拎了许多大大小小的口袋。旅行嘛，还是要有些仪式感的。和网购到家的快递相比，在旅途中亲自选购的商品被赋予了更多的意义。

不知不觉来到了童话的十字路口，这里是小樽商街的尽头，也是小樽热闹景象的尽头。过了路口，街上便不再有明亮的路灯，也不再有热闹的商铺。但我不建议急着离开，可以逛一逛路口一侧小樽最大的音乐盒店或是找一家温暖的餐厅饱餐一顿，因为这样或许才会遇见童话十字路口最有童话特色的一面。

我们刚刚走到十字路口，太太问我，童话十字路口哪里童话了？

我看着平平无奇的路口，摊摊手说，我也是第一次来。

她说，骗人啊。话音刚落。原本天空中飘落的细碎雪花，忽然变成了鹅毛大雪，大片大片地落下。不远处八音盒店中传来好听的乐声，圣诞装扮的复古公交

239

车叮叮当当地从面前驶过，配上四周欧式的建筑，当这些景色交织在一起时，便会明白童话十字路口的童话色彩从何而来。

我向太太靠近了一些，然后牵她的手。

在这童话般的景色中，总让人想做一些浪漫的事，牵她的手，就是我这一刻能想到的最浪漫的事。

天狗山是位于小樽西南方的一座小山。在山顶可以俯瞰整个小樽市，而山上的夜景和函馆山的函馆夜景、藻岩山的札幌夜景并称为北海道三大夜景。

安排了一整天给天狗山。

依然是11点起床，11点半早餐，12点出门。我一直不喜欢慌慌张张、紧紧凑凑的旅行，有时候宁可不去一些地方，也不愿意把行程安排得太紧凑。带着玉墨的旅行更是如此。

这一天，小樽晴空万里。前一天刚刚欣赏了小樽的雪夜，这一天便遇见了小樽的晴空，一直觉得能在旅行中遇见一座城市的两种天气是极其幸运的事情，因为不同的天气常常会让同一片景色给人带来截然不同的感受。在前一晚感受过雪天小樽的童话与浪漫后，这一天的晴空带给小樽纯净与明媚。

公交车抵达天狗山山脚，然后乘缆车到达山顶。不需要攀爬，甚至只需要走上几步，便轻轻松松地来到了天狗山山顶。太太习惯性地拿了宣传册，宣传册上

大大小小的十几个景点，看着都很有趣，其实出了门绕着缆车站转上一圈，基本就把画册上的景点都看到了。

最终大家都会来到山崖边，俯瞰小樽。俯瞰这座城市，会看到身处这座城市时截然不同的一面，城市边缘与大海相连，大海与云层相连，少了初见它时的精致与浪漫，取而代之的是壮阔与平静。

后来，常被要去北海道的朋友问起，天狗山，是不是半天就够了。我说，恐怕到了天狗山会不舍得走，看到了天狗山白天的景色，多半忍不住好奇想要目睹山顶的夜景。

正如原本准备早早下山的我，在见到山顶的景色后，便决定要留下等一场月升日落。哪怕需要浪费一些时间，哪怕之后的几个小时会有一些无所事事，但我还是毫不犹豫地留下了。庆幸的是，等待的过程并没有想象中无聊。拍拍照、喝一杯热饮，和玉墨用她新买的雪球夹，夹出满满一地的雪球，时间一晃竟也到了晚上6点。

意料之外的是，天狗山的夜色降临要比想象中早了许多。晚上6点的时候，天色便暗了下来，山下灯火沿着街道蔓延开来，然后连成一片。

我正站在山边，寻找拍摄的角度。突然有人靠在我的肩上，然后一只纤细的手握住了我的手。我看去，原

来是太太。我放下手中举起的相机，把她的手牵进温暖的衣服口袋。和她一起静静欣赏湛蓝色夜空下的城市。

有时候，在特别美好的景色面前，也会想要偷偷懒，把拍照的事情放一放，和喜欢的她一起，全心全意地感受眼前的风景。

转车、乘车，转车、候车，再乘车，去TOMAMU的这一天，我们一直在路上。一直知道TOMAMU是个在偏远深山中的度假村，而在经历了漫长的乘车和数个空无一人的车站后，这种偏远的感觉越发深切。

一路上，玉墨倒是还好，坐在婴儿车里困了睡饿了吃，等车的时候就在站台玩会儿雪。辛苦的还是我和太太，推行李、搬婴儿车，因为没有座位，在车厢站了三四个小时。

自从买了车，已经有好几年没有乘坐公共交通了。对比平日里出门开车的舒适，让这小小奔波略有几分苦难之意。但也是这几分苦难之意，让赶路的一天也变得难忘。

天色擦黑的时候，我们终于抵达了位于道央深山中的度假村。因为站在车厢里，我们第一个下车。随后每节车厢中都有游人涌出，短短数秒，原本空旷的站台已是人满为患。

太太说，原来有这么多人！
我说，当然啦，两个月前就没有房间了。
把行李交给酒店服务人员，乘上酒店巴士的一刻，这一天的奔波终于算是告一段落，整个人放松了下来。

对着太太和玉墨说，接下来的四天，就好好地玩雪吧！

在后来的四天里，我们每天沐浴着阳光起床，在被森林环绕的餐厅中吃早餐。阳光满溢的10点，和玉墨一起，在空无一人的雪地中打一场雪仗或是打一个滚儿。偶尔会回到房间睡一个回笼觉，又或是乘着缆车去山顶，看满山雾凇。待夜幕降临，去看冰的城堡和教堂。围在篝火边，仰望星空。一家人认认真真地寻觅夜空中最亮的星。还有此次旅行最重要的事情——陪玉墨堆雪人。

和太太还有女儿，一起在白雪皑皑的森林中堆雪人，光是想一想就觉得是一件十分浪漫的事情。可也只有堆过的人才懂，堆雪人真的是个体力活儿，全部的精力都用在了堆上，根本来不及浪漫。

开始时，我还试图用故事书里的方法，滚出一个雪人脑袋。在20多分钟的努

力后发现，按照当时的效率，估计滚出一个雪人脑袋至少也要两三个小时，果然故事书都是骗人的。

我们改变计划，从旁边的雪堆里搬一大块雪做脑袋。搬运过程中才发现，平日里可以用手去接、可以落在睫毛上的雪，当凝聚在一起时，原来是那么的沉。沉得把它放在雪橇板上，我竟然有几分寸步难行的感觉。

我和太太一趟一趟地拉着雪，雪人一点一点有了身子，有了脑袋，有了鼻子和眼睛，有了围巾和手。

三个多小时后，终于完工。

冰天雪地的森林中，我大汗淋漓。不过看着完工的雪人，还是挺有成就感的。这是我和太太还有女儿一起堆的人生中的第一个雪人。

三天的时间，转瞬即逝，一转眼便到了离开的日子。

离开之前，太太收拾行李，发现原本刚刚好装满行李的行李箱，竟然有些装不下了，只好把并不便于携带的玉墨玩雪的铲子和雪橇留下。

铲子是我们花钱买的，留在了房间送给有缘人。

雪橇，可是TOMAMU每年都会卖断货的稀有宝贝。太太在到达的当日便去酒店的商店购买，结果被告知雪橇板售罄，并且之后短时间内也不会补货。听到这个消息时，难免有些失落，正当我们羡慕地看着别人的雪橇板时，太太从远处提着一个蓝色的雪橇板，面露笑容地向我们走来。

我问她，又有货了？

她说，是一个要离开的中国孩子妈妈送她的。

刹那间，我心中涌现出阵阵暖意。于是，在我们将要离开之际，决定将

这份温暖继续传递下去。太太在大堂里找了一家人，把雪橇板送给了他们。

太太说，他们和她当时的表情一样，先是惊讶于陌生人的攀谈，然后是不太理解太太为什么要送他们东西，接着想要付钱，最后是再三表示感谢。虽然看不到他们的内心，但我想那一刻他们也和我一样是被温暖的，而我也相信在他们离开时，会把这份温暖继续传递下去。

就这样，我们温暖地和TOMAMU告别。

太太的生日是非常好记的，12月26日，和毛主席同一天生日。我比她大8天，所以平常每年我们都会选个居中的日子，邀上最好的朋友一起跨年，顺便庆生。今年有所不同，我特意把生日安排在旅行中，这是我们第一次一起在国外过生日。

这几天出门时，太太每次都会好奇地多看两眼酒店旁边每天都有当地人排大队的西餐厅。我偷偷记了电话，预约了位置，然后偷偷地看好了酒店里面包店的蛋糕。

太太一早就看出了我的小心思，每次都叮嘱我说，你别买蛋糕，那么贵。

我敷衍她说，哎呀哎呀，你不要管。原本一切都按照我的计划进行着，结果计划好的事情总是很难逃过"计划没有变化快"这句话。

太太生日的当天，我们按计划去了旭川动物园看企鹅散步，逛动物园时原本还艳阳高照。等我们刚刚乘上公交车要去火车站时，突然天色大变刮起了狂风。到达火车站时，狂风变成了暴风雪。紧接着听到车站广播，列车发车时间无限期延后。

太太问我是不是订了蛋糕。

开始我还不想承认。6个小时后，我想着，这下回去也吃不上了，赶紧坦白。

太太说，瞎花钱，这下吃都吃不上了。

列车开始运行，已经是7个小时后的事情了。因为几个小时的停运，运行后的第一班列车格外拥挤。可敬的是，拥挤中大家依然有序，有序中还不忘记礼让，但没办法，就还是很挤。

三个多小时的车程后，我们终于回到了札幌的酒店，这时已经是晚上11点了。

回到房间，我问太太说，不然咱们下楼找点吃的？

太太说，算了，有点累了。

我说，那也不能不吃饭啊。

她说，吃泡面吧，说着，就去打开行李箱翻腾起泡面来。

我有些心不甘情不愿，觉得怪对不起她的，生日过得这么凄惨。

太太说，没事，像我这种内心充实的人，从不差一个生日。

我说，好吧。

话音刚落，小玉墨忽然跑来问，爸爸，今天是妈妈生日？

我说，是。

她说，有蛋糕吃吗？

我说，现在没有了。

她说，那还怎么过生日，那我给妈妈唱生日歌吧。说着她就认真地唱了起来，然后我们一家三口就围坐在床上，一起唱起了生日歌。唱完，玉墨把手伸到太太面前认真地说："这是蛋糕，妈妈你吹蜡烛许愿。"

我和太太看着眼前空无一物的床，一时间有些不知所措。然后忍不住大笑起来。我赶紧收住笑声，装作严肃地让太太别笑了，太太强忍住笑，努力配合我做出认真的表情，凭空想象地吹了蜡烛，双手合十开始许愿。

那一刻，我脑海中忽然有个画面一闪而过。一家三口在经历了暴风雪后，回到拥挤的小屋，今天是妈妈的生日，可因为太过穷苦，只能靠想象过生日、吃蛋糕、吹蜡烛。

于是太太29岁生日这一天，没有蛋糕、没有高档的餐厅，该有的好像都没有，但却成了我三十多年人生中，最特别、最难忘的一个生日。

原来没有生日蛋糕，也可以开心地吹蜡烛。对着空气过生日，也可以充满仪式感。常说生活平淡无滋无味，如今看来那些普通和平凡的生活也是可以因为充实的内心变得意义非凡。

北海道旅行的最后一天，乘了列车去小樽和札幌之间名为朝里的地方。

这里是初见北海道时，雪、海与铁轨相汇的地方。拍下这个冬季最后一张照片，给这一年的冬天和我们的29岁画了圆满的句号。

二十九岁这一年，我们旅行穿越了四季。

春日的繁花、夏日的艳阳、秋日的斑斓、冬日的飞雪。这些我曾经想要收集的美好的景色，在二十九岁这一年被我收进了我厚厚相册之中。翻看着相册中一张张的相片，好像跨过了漫长时光，于是在相册的尾页写下，任季节变换，岁月流逝，在所有的风景里，我最喜欢的依然是你。

三十岁 拾光情书

三十
岁

拾 光 情 书

这一年
我们一直在路上

在 阿 寒 湖

在 维 也 纳

在阿卡古城

三十岁

在历经了漫长的岁月，在见识过世界的风景后，

我拾起散落在岁月中的时光，书写一本载满光阴的情书。

三十一岁　斑斓与漆黑

三十一
岁

斑斓与漆黑

三十一岁这一年，国家开放了二孩政策，母亲不止一次地暗示我们，希望我们给玉墨添个弟弟或者妹妹。

开始我是拒绝的。原因有三，其一，真的觉得太太生孩子太辛苦；其二，真的不想再过一遍，两三年围着孩子不能出门旅行的生活；其三，一直都觉得母亲是在和我开玩笑。所以每次母亲和我提二孩的事情，我都敷衍着母亲说，再等等再等等，边说边灰溜溜地跑出门，次次如此。

直到母亲因为心脏手术住院，术后我在病床边陪她聊天。

她躺在病床上说，你看，等你有一天老了，有个病，你让玉墨怎么办？

我满不在乎地说，我要得了什么重病，我就跑到深山老林里等死。

母亲淡淡地问，你说这话现实吗？

我想了想，确实不现实。就好像如果母亲或父亲有一天生病，即便他们要求放弃治疗，不到最后一刻我也不会同意他们放弃。

母亲接着说，没条件也就算了，你条件这么好为什么不要。你生个老二，有个事情两个孩子互相照顾一下。

那天的母亲既认真又严肃。

我也第一次意识到，关于二胎的事情，母亲并不是开玩笑。

一直都没有养儿防老的想法，觉得这想法太自私。但仔细想想，我们这一代孩子，父母离开了，若没有成家，身边连个亲人都没有。想起某次去高原地区旅行，和太太两个人同时病倒的无奈。玉墨未来如果一帆风顺倒是还好，可一旦遇到了事情，一个人在世上真的会绝望吧?

权衡之下，我和太太商量了生二胎的事情。然后我们决定，在我们又一次进入带娃生活之前，来一次最后的旅行。去一个，如果有人问最想去哪里，我会在脑海中第一时间想到的地方。

于是在二月来到了冰岛。

或许是因为脑海中的三月还是个寒冷的月份，或许是因为看了太多关于冰岛冬季的攻略，印象中的冰岛一直是白雪覆盖的纯白景色。

但亲眼所见后便发现，二月的冰岛不同寻常。

纯白的霜雪、漆黑的沙石、稻黄的植被、幽绿的极光、赤红的夕阳、暖粉的云朵、湛蓝的冰洞、靛青的湖水。

大自然中难能可见的色彩，在这个时节的冰岛，毫无吝啬地一一呈现。

清晨

6点钟时一片漆黑的天空，渐渐开始亮了起来。天空中的云朵开始逐渐显现，接着晕染上颜色。是玉墨最喜欢的颜色，于是便听到玉墨开心地喊，爸爸，你快看，粉红色的天空。

我一边笑着点头回应她，一边慌张地寻找角度拍摄。

记得上一次，看到粉红色的天空还是高中和太太一起去上学的路上，我和太太一起在天桥上仰着头望了好久，直至粉色消退。此刻看着眼前似曾相识的景色，十几年前的记忆历历在目。

我问太太，你还记得咱们一起上学时看到的粉色天空吗？

太太说，记得。

她说，我当时一直不肯走，上学差一点迟到。

我说，现在一想，那时候才十六岁，咱们两个也还是孩子，如今孩子都这么大了。

太太说，是啊，一晃都和你在一起十六年了。

或许是因为短期内的最后一次旅行，在冰岛，我们总是不经意地让思绪回到过去。

植被

二月末的冰岛，北方正值风雪交加的寒冬，南方则冰雪消融，蕴含了一股秋意。

我和太太说，若是早来半个月，现在眼前估计还是白茫茫的一片。恰恰是这半个月的时间，温度高了几度，日照多了几个小时，才有了眼前四处可见泛黄的植被，让冰岛出现了半秋半冬的奇妙景色。

黄色的植被、白雪覆盖的山峦，还有蔚蓝的天空，是南侧沿途常见的景色。而黄色、蓝色、白色，是色彩搭配中格外契合的颜色。

不懂色彩的人，看着眼前的景色也会觉得舒服。若是了解过色彩，便会感叹，世界真是奇妙，怎么会如此巧合，把最契合的几种颜色拼凑在了一起。

而在冰岛，这样的巧合无处不在。

极光

极光是由于来自磁层和太阳风的带电高能粒子被地磁场导引带进地球大气层,并与高层大气中的原子碰撞造成的发光现象。

没来冰岛之前,无知地以为极光是可遇不可求的极端天气现象。来到冰岛之后,才知道极光并不极端,它每天就静静地置于云层之上。是否可见,大多时候取决于当天云层是否遮挡了你的视线。

十四天的旅行,我们一共遇见了四次极光,分别在黄金瀑布、草帽山、雷克雅末克、蓝湖温泉,每一次都有所收获,让人难忘。但每每聊起在冰岛追极光的日子,我最先讲起的却从不是哪里的极光更美、哪天的极光更好拍,而是第一次遇见极光时的慌里慌张。

那天晚餐后，我们回到房间，刚坐定在马桶上，房门忽然被敲响，传来一声大喊——极光。我顺势冲出房间。打开房门一瞬间，被太太叫住，这才想起自己裤子还没提，跑回房间提好裤子，又冲了出去。

夜空下，明明提前预备了很多拍摄计划，在面对极光的一刻全然忘记。大脑空荡荡的，身体不知所措。

玉墨在一旁忽然喊，爸爸你快看，好多星星。我顺着她手指的方向回身望去，漫天繁星。

那一刻，星辰与极光之间，我左右为难。也是那一刻我才想起，原来旅行，让人着迷的不只有美好的景色，还有遇到景色时那一份悸动的心情。这样慌乱至极的状态，我好像已经好久没有遇到过了。

瀑布

冰岛的瀑布是冰岛旅行不容错过的景色，但冰岛的瀑布同时也是最常被一笔带过的景色。

有过几个朋友，在出发前都在自己的小本上罗列了大大小小七八个瀑布，但后来聊起，他们看过两三个瀑布后，都不约而同地放弃了后面观赏瀑布的行程。按他们的话说，瀑布都差不多，刮着风、下着雨，真的没精力。

开始我还鄙视他们，一定是他们的旅行懒病作祟。后来发现，我还不如他们。

带着玉墨绕着塞里雅兰瀑布一圈后，看着她湿答答的样子，我果断放弃了后面所有的瀑布。那时候，有很强的预感，若再多看几个瀑布，她一定会生病。

太太倒是心大，和我说，没事的，你看她精神那么好。

我很严肃地和太太说，不要心存侥幸，很多出事的人都是因为觉得没事。

在冰岛，计划总是没有变化快。

砂石

冰岛的沙滩多半是由黑色砂石组成。这些砂石是火山喷发后，高温岩浆遇海水迅速冷却，形成的颗粒细小的熔岩颗粒。而这些黑色沙滩中，最具盛名的则是维克镇附近的一片黑沙滩。因为这里不仅仅有黑色沙滩，还有奇特的风琴岩峭壁。

那天下了雨，海边的风很急。

我心想，大概是前一天极光把好运气都用尽了，才遇上了这又是风又是雨的黑沙滩。劝说着自己，不要太贪心，在冰岛不可能日复一日都是好天气。这样的想法一直到我们来到黑色沙滩之上，我发现是我错了，好运并没有离开。

当黑色岩石被雨水打湿，当远处黑云遮天蔽日，黑沙滩呈现出了它的另一番景致，那是大自然中最深邃通透的黑。

看着满意的照片，凛冽的风、急促的雨好像都变得温和了，然后明白，在冰岛不是所有刮风下雨的天气都叫坏天气。

彩虹

在冰岛有一句能让人忘记眼前烦恼的话：
"如果你觉得天气不好，就等一等。"

是啊，
等一等，
雨或许就会停，
风或许也会停。

等一等，
还可能有阳光穿透云层，
有彩虹跨越高山。

像是人生，如果眼前的际遇让人忧愁，不妨
等一等，或许会有雨后的彩虹。

冰川

冰岛有着世界上仅次于南极大陆冰川和格陵兰冰川，排名第三的冰川。

在冰川之下有着不计其数、大小不一的冰洞。而因为是冰川消融形成的冰洞，这些冰洞每年都会消失，随后又会在其他的地方形成新的冰洞。这也让每个人的冰洞之旅，都变得独一无二。

可惜的是，这绝美的风景并不像冰岛的其他景色一般，把车停靠路边，闲逛几步，就能够把美景尽收眼底。这一次，在抵达冰洞之前，需要在专业向导的带领下徒步三个多小时。

出发的前一天，我们在超市中买了能量棒，在大衣兜中装了冰岛大饼，拿出了一台相机，放下了多余行李，在睡前祈祷着第二天的好天气。

翌日的天气，好得让人有些难以置信。好到让我原本觉得有些肉疼的旅费，在拉开窗帘的一刻，变得物超所值，毕竟千金难买晴日当空。

这一刻你会觉得，在冰岛，晴空，是命运最好的恩赐。

小镇

塞济斯菲厄泽， 是冰岛东部的一个湖畔小镇。小镇人口只有800人。一处港口、群山环绕。

镇上不多的房子，十分有心地用各种颜色或是图案粉饰，整个小镇充满了色彩。而这里最出名的是一条通往蓝色小教堂的彩虹小路。

去往小镇的当日下着雨，我们沿着海岸线的公路一路北上。随着纬度的变化，气温骤降，天空中的雨变成了雪。路边原本随处可见的黄色植被，被白色的冰雪所取代。冰岛二月的景色，也从这里正式从秋季进入了冬季。

临近小镇的时候，遇上了暴雪。道路被雪覆盖，需要通过两侧标识辨认行车路径。我的每一根神经条件反射般地绷紧。直至翻过山岭，风雪才开始变小。

停下车的时候，我还有些惊魂未定。心想，我怎么会那么想不开来这偏远的小镇。旅店的老板问我们，你们怎么会想在这个时候来？我耸耸肩，一时竟想不起当初选择来这里的原因。

在镇上唯一的超市里采购，然后到小镇上唯一开门的餐厅用餐。我正要点餐，太太忽然拽我的衣角，我回头看她，她偷偷指了指吧台桌上的罐子。罐子里是满满的硬币。

我心领神会，问老板娘是否可以换一些硬币。老板娘拿起罐子，哗的一下把硬币倒满了一桌，说送我们。那一刻收获硬币的欢喜好像并不重要，重要的是感受到了一份来自异国他乡的热情。

在冰岛，旅行中是很少需要与人交流的，所以每一次人与人的相遇都会给我们的内心赋予更多的温度。

城市

即便旅费高昂，我仍然特意安排了一天时间在阿克雷里对面的山间别墅中昏睡。因为有些景色，只有停下脚步才能感受。

清晨，自然地苏醒，一本书，一杯热茶，坐在落地窗边等待日出。晌午来到城市中，去和浪漫的心形交通信号灯合影，去享受一餐当地的特色鱼料理。午后

穿上厚实的大衣，扛起铁铲，推上推车，堆一个可可爱爱的雪人。傍晚一家人在饭桌前，看月升日落，看天空颜色变换。

阿克雷里的一天，没有必须要去的地方，我们只是在这里生活。

沿途

后半程的旅行，在路上的时间多了起来，每天有4~5个小时的时间，是驾车行驶在路上的。途经小镇、穿越雪原、翻越高山、驶入云层，沿着海岸线一路向西。我很少会举起相机去拍没有太太的风景，但今天，我却勤勤恳恳地记录着沿途的风景。

在冰岛，最美风景常在路上。

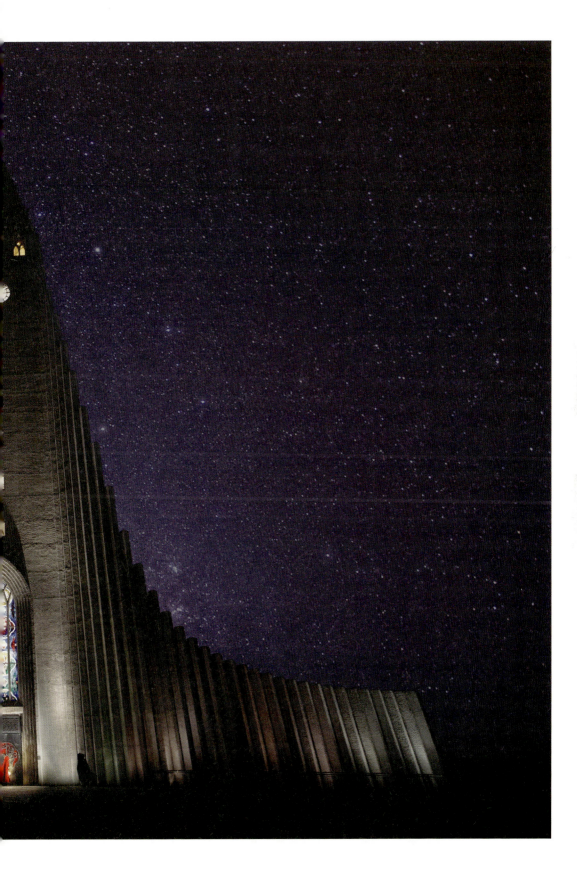

蓝湖

　　旅行最后的两天是玉墨这次旅行最开心的两天，每天都和太太套着游泳圈，在温暖、青色的温泉里玩水，而我在温泉边的寒风中乐此不疲地给她们拍照。

回到家，我们便收到了一个好消息。

太太说有些恶心，不用猜，是家里的第二个小宝贝，他来了。

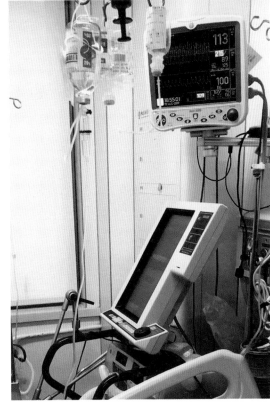

后来日子里，我一边书写着这次旅行，一边期待着小宝贝的诞生。原本以为，日子会这样平平淡淡、幸幸福福地延续下去，不曾想绝望的八月悄然临近。

7月28日的清晨7点

母亲在房间喊了两声我的名字，我连忙冲向母亲的房间。

起身的一刻我便有不好的预感，却不知这是母亲最后一次喊我的名字。

母亲躺在床上，说头疼。

我说，要去医院吗？

母亲说，不用，躺会儿应该就没事了。

我没听她的，拨了急救电话。

7点20分

急救车来到我家。

7点50分

到达医院。医生去看母亲瞳孔，问她是否还有意识。母亲那时已经昏迷了。

8点15分

被确诊为脑溢血，并且是最危险的脑干出血。我来不及难过，赶紧翻查通讯录找医院的资源。

9点50分

母亲被推进了手术室。手术前医生说，手术成功率是50%，让我们做好心理准备。

11点30分

母亲被推出手术室。

医生说，手术很成功，但可能会长期昏迷，要有心理准备。

记得那时我还心存希望。

后来的一个月ICU门前长长的走廊成了我临时的居所，走廊上的铁椅成了我的床。每天早上5点回家洗漱，7点再回到医院，一待就是一整天。

一天、

两天、

三天、

一天接着一天，

一个星期、

两个星期、

三个星期、

一个星期接着一个星期，

母亲一直没有醒过来。

我心中的希望也一点点消磨殆尽，取而代之的是因为望不见尽头而滋生的绝望。

那段时间我时常会哭，只要脑海中有关于母亲的回忆一闪而过，眼泪就大颗大颗开始往下掉。只要听到医院里有哭声，我也会控制不住跟着哭起来。只要看到母亲的照片，忍不住地边和母亲说话边哭。哭得脑子缺氧了，才缓缓停下。

那时父亲常安慰我说，要坚强，人都是要走的。

我说："爸，我妈哪怕能再多说几句话，该多好。"

父亲不语，两行泪水默然流下。

现在回想，其实我们最难过的并不是生离死别，而是没能和母亲好好说上几句告别的话。

8月28日上午7点

父亲在病床前牵着母亲的手，送了母亲最后一程。

无论有多么眷恋这个世界，无论被这个世界多少人留恋，我们始终是要离开的。那天虽然难过极了，我还是不断告诉自己，母亲即便离开了，也是怀揣幸福离开的。

父亲和母亲一起建立了幸福的家庭，一起携手走过30多年的风风雨雨，一起看过了大半个世界，一起养育了我，然后看着我长大成人有了自己的家庭和孩子。我想，母亲的一生应该并无太多遗憾。因为对我而言，能够如此已是极好了。

母亲离开后的一段时间，朋友们常来看我，来看我的人，都或多或少会讲起两三件自己或是他人人生中不幸的往事。

我平日虽是个喜欢听故事的人，但我喜欢的是在真实的故事中感受人间的幸福、快乐、伤感、悲痛。我并不喜欢从别人不幸的故事里找寻安慰，但不得不承认那段时间里，每一次听到别人不幸的故事时，我都会或多或少获取一丝慰藉。

原来化解自己内心苦难最好的办法，是用别人的苦难告诉自己，自己不是唯一不幸的那个人。

再后来，我经历了我人生中最煎熬的一段时间。一场大病，两场车祸。姥姥在舅舅的教唆下，将我一纸诉状告上法庭，要求分割母亲和父亲还有我名下的资产。太太因为孕吐住进了医院，被医生告知差一点有生命危险。人生中的三十一岁，仿佛坠入了厄运旋涡，一件接一件的祸事，压得我喘不过气。

那阵子，所有朋友都让我去庙里拜一拜，说我倒霉得已经有点邪性了。

　　我没有去。

　　生而为人，我深信每个人都会在某段时期经历属于自己人生中的低谷。虽然不清楚到底是因为自己的消极情绪引来了这诸多不幸，还是这诸多的不幸本就是人生中避无可避的命运，但我知道，如果继续消极地活着，被祸事裹挟，只会招致更多的不幸，然后越陷越深。

　　我不断告诉自己，眼前看似不可逾越的高山海啸，不过是人生中的一段小小坎途。只要还活着，没什么过不去的。

　　三十一岁，我从斑斓的景色中坠入漆黑的噩梦。

　　经历了人生中最痛心的离别后，我开始更认真地活着，更用心地对待未来人生中的每一次相遇和离别。

三十二岁

你好啊，昱修

时间，一转眼已经过去了十六年。

故事，一转眼已经来到了尾声。

十六年的光阴，十六段回忆。

每每想起，还好似昨天。

有时会和太太聊起，

如果当时她没站到我的面前，我们是不是会错过？

如果我没有义无反顾地向她告白，我们又会遇到什么样的另一半？

如果没有她，我还会不会学习摄影、热爱旅行？

如果我们都再自私一点，是不是在某次争吵中已经分手了？

如果从天而降的石头砸中了她，我会多难过？

如果为了事业放弃了我们的第一个孩子，我们是不是已形同陌路？

如果我多关注一些母亲的身体，母亲是不是不会走？

如果有一天我不在，希望她不要太难过。

好在人生并没有那么多如果，每一次选择，冥冥之中早有安排。

好在我们也并没有太多时间去胡思乱想。

人生海海，山山而川，不过尔尔。

认真地活在当下，把人生当作一场漫长的旅行。

保持一份热爱，奔赴每一场山海。

2020年2月4日，我要开始我人生的下一段旅行了。

和刚刚来到这个世界的他，轻轻地道了一声。

你好啊，昱修。

在这场人生的漫长修行中，希望你被世界温暖，也去温暖这世界。

跋语

如果你正处于人生最迷茫的时期，希望这本书可以帮助你找到一些方向。

如果你正觉得生活平淡无趣，希望这本书可以帮你点燃一丝生活的热情。

如果你正为了感情的事不知所措，希望这本书可以给你一些启发，让你更坚定或更洒脱。

如果你正因为一些烦心事苦恼不堪，希望你知道，它们迟早都会烟消云散。

明天是什么样子我们都不清楚，但希望你清楚地知道，你希望的明天是什么样子。

阳光明媚，万物可爱，人间值得，未来可期。

最后一页

写给未来的自己

责任编辑：张　旭
责任印制：冯冬青
装帧设计：沐希设计

图书在版编目（CIP）数据

拾光情书 / 李森 著 . -- 北京：中国旅游出版社，

2021.5

　　ISBN 978-7-5032-6667-6

　　Ⅰ . ①拾… Ⅱ . ①李… Ⅲ . ①散文集－中国－当代

Ⅳ . ① I267

中国版本图书馆 CIP 数据核字 (2021) 第 060567 号

书　　名：拾光情书

作　　者：李森 著

出版发行：中国旅游出版社

　　　　　（北京静安东里 6 号 邮编：100028）

　　　　　http://www.cttp.net.cn E-mail: cttp@mct.gov.cn

　　　　　营销中心电话：010-57377108，010-57377109

　　　　　读者服务部电话：010-57377151

印　　刷：北京工商事务印刷有限公司

版　　次：2021 年 5 月第 1 版 2021 年 5 月第 1 次印刷

开　　本：880 毫米 × 1023 毫米 1/16

印　　张：22.5

字　　数：257 千

定　　价：86.00 元

ISBNI　978-7-5032-6667-6